リトルバスターズ！エクスタシー
Little Busters-EX

りとばす。①

原作：VisualArt's/Key

著者：糸井健一　歌鳥　児玉新一郎

イラスト：爆天童　難波久美
青桐静　林つぐみ
神無月雪訪

『創刊！　リトバス新書』より

イラスト：青桐 静

リトルバスターズ！エクスタシー
Little Busters-EX
© 2008 VisualArt's / Key

りとばす。①

原作：VisualArt's/Key

著者：糸井健一　歌鳥　児玉新一郎

イラスト：爆天童　難波久美
青桐静　林つぐみ
神無月雪訪

キャラクター紹介

直枝理樹《なおえ りき》
主人公。
ツッコミが得意。
愛され選手権第一位。
井ノ原真人《いのはら まさと》
主筋肉。
カツが大好き。
筋肉選手権第一位。
棗恭介《なつめ きょうすけ》
リーダーオブリーダー。
すごくつよい。
世界一位。
宮沢謙吾《みやさわ けんご》
クールともっぱらの噂。
ちょんまげ探し
選手権第一位。

三枝葉留佳《さいぐさ はるか》
能美クドリャフカ《のうみ くどりゃふか》
多目的マスコット。
犬っぽいが犬ではない。
いじられ選手権第一位。
ビー球職人。
新しい遊び発明
選手権第一位。
女帝。
もおくが大好き。
利き女人選手権第一位。
来ヶ谷唯湖《くるがや ゆいこ》
朱鷺戸沙耶《ときど さや》
二木佳奈多《ふたき かなた》
バスターズバスター。
叱ってあげる
選手権第一位。
お笑いリーサルウェポン。
かわいそうでかわいい
選手権第一位。

笹瀬川佐々美《ささせがわ ささみ》
ハイスペック。
萌え属性かけもち
選手権第一位。
棗鈴《なつめ りん》
飼いならされざる者。
ネコが寄ってくる体質。
兄貴凹ませ選手権第一位。
西園美魚《にしぞの みお》
理論的煩悩。
うすい本が生命線。
カップリング選手権第一位。
神北小毬《かみきた こまり》
イメージカラーはイエロー。
幸せがスパイラル。
世界3大胃袋。

■前回までのあらすじ■

筋肉革命から一年――。荒廃した世界は危機的なプロテイン不足に陥っていた。「このままではこの筋肉を維持できない……」みんなの筋肉を一手に担っている真人にとって深刻な事態だった。打開策として「モンペチをプロテインに変換できないか」と理樹に相談する真人だったが、「いや無理だから。というかそれどういう発想なのさ」とあしらわれてしまう。その一言に血涙を流しながらむせび泣く真人。万策は尽きた――。「こうなったらもう一度筋肉革命を起こすしかない」、そう考える真人の前に現れたのは一人の少女。「モンペチは無理でも、このクッキーならプロテインにできるよ～」有頂天になる真人。早速教わった方法を試すためダムへと向かう。それが少女の罠だとは知らずに……。

この本に収録された作品は全て、
Key制作のアドベンチャーゲーム
“リトルバスターズ！エクスタシー”をベースに、
それぞれの作者が自由な発想、解釈を加え構成したものです。
“リトルバスターズ！エクスタシー”の
作品内容に関する公式見解を提示するものではありません。

本ページ上部のあらすじは架空のものです。

りとばす。① 目次

糸井健一　著

奔走せよ！　新米冒険者たち　－プロローグ－ …………………… 41
奔走せよ！　新米冒険者たち　－旅立ち－ …………………… 65
奔走せよ！　新米冒険者たち　－死闘編－ …………………… 117
キッチンクラブ　3on3 …………………… 203
キッチンクラブ　3on3　－実食－ …………………… 239
キッチンクラブ　3on3　－開店－ …………………… 255

歌鳥　著

ぼーん・とぅ・びー・わいるど …………………… 9
小毬名作劇場「眠れる森の理樹」 …………………… 17
小毬名作劇場「理樹ずきんちゃん」 …………………… 25
水平線をめざせ（タイタニック編） …………………… 91
騒がし王葉留佳　－二木さん捕り物日記より－ …………………… 109
女王陛下の朱鷺戸沙耶 …………………… 147
人魚伝説 …………………… 157
混浴の名のもとに …………………… 171
水平線をめざせ（ポセイドン・アドベンチャー編） …………………… 181
恭介のぶらり就職活動日記（青春編） …………………… 199
恭介のぶらり就職活動日記（アクション編） …………………… 229
水平線をめざせ（エピローグ） …………………… 235
恭介のぶらり就職活動日記（ミステリー編） …………………… 249

児玉新一郎　著

創刊！　リトバス新書　その1 …………………… 31
創刊！　リトバス新書　その2 …………………… 37
創刊！　リトバス新書　その3 …………………… 57
創刊！　リトバス新書　その4 …………………… 61
創刊！　リトバス新書　その5 …………………… 87
創刊！　リトバス新書　その6 …………………… 105
創刊！　リトバス新書　その7 …………………… 153

奥付 …………………… 272

風紀委員長の二木《ふたき》です。

この本を読まれる前に……二、三注意事項があります。

最近、校内で風紀の乱れが非常に目立ちます。特に、この本に収録されている物語においては、風紀の乱れが一段と激しさを増しています。

その結果、登場人物たちが普段の行動を逸脱、すなわち『キャラ崩壊』を起こしているケースも多々見受けられるのです。

そんなケースに遭遇した際の対処方法はひとつ。

――冷静に、大人の対応をし、多少の原作逸脱行為があっても笑って受け流すことです。

あなた自身が風紀を乱さぬよう、くれぐれも注意すること。よろしいかしら？

ぼーん・とぅ・びー・わいるど

『エントリーナンバー11・ストレルカ選手、タイムは2分16秒32です』

「わふーっ！　ストレルカ、べりべりそーりーなのです〜っ」

　クドが涙目でストレルカをぎゅっと抱きしめる。事情のよくわかっていないストレルカは、ただ運動の後の満足感に浸《ひた》って、しっぽを振るだけだった。

——学校近くの河原で開かれた、アマチュア・ドッグランコンテスト。

　トレーナーに導かれた犬が、スロープやハードルなどの障害のあるコースを走り、通過タイムを競いあうという、例のアレである。

　二頭のトレーナーとして参加したクドだったが、ヴェルカはゲートを一本くぐりそこねてしまい、大幅にタイムロス。

　ストレルカの出番では、クドがコースをまちがえるという痛恨《つうこん》のミスを犯してしまった。

「残念だったね、クド」

なぐさめの言葉もなかったが、理樹《りき》はそっと声をかけた。クドはストレルカの走りをねぎらうように、頭を撫《な》でつづけている。

「ヴェルカもストレルカも、とってもがんばったです。せめて、なにかごほうびをあげたかったのですが……」

商店街主催の小さな大会なので、三位以内でないと商品はもらえない。速いほうのストレルカのタイムでも、すでに六位以下が決まってしまっている。

『次はエントリーナンバー13、ギグス選手です。——なお、飛び入り参加選手の受付は、間もなく締め切らせていただきます。出場希望のワンちゃんは、大会本部までお急ぎください』

「もう一度聞くけど……クド、本気でやるの？」

「わふっ！」

理樹の質問に答えて、クドは元気にしっぽを振った。

『続きまして、エントリーナンバー25、飛び入り参加のクドリャフカ選手。本日最後の出場選手です」

ぱらぱらぱら、と、観客席からまばらな拍手が聞こえた。

（……どうして、誰も気づかないんだろう？）

理樹は本気で不思議がった。クドはいつもの制服にマント、それにショップで購入した犬耳としっぽをつけただけの扮装《ふんそう》なのだ。

いくら四つ足で走り回ろうと、犬でないのはバレバレだと思うのだが……。

「わふっ、わふーっ！」

それ以上に不思議なのが、クドがぱたぱた嬉しそうに振るしっぽの存在。

（どうやって動かしてるんだろう？　っていうか、どうやってつけてるんだ？）

だがクドに尋《たず》ねるのも気が引けるし、スカートの中をのぞいてつけ根を確認するわけにもいかない。

永遠の謎として残しておくしかなかった。

「まあ、いっか。クド、準備はいい？」

「わふっ！」ぱたぱたとしっぽを振って答えるクド。

『位置について、よーい……』

ぱんっ！

「わふっ⁉」合図の銃声に驚いて、クドは一瞬動きを止めてしまった。が、すぐ我に返って、四つ足で全力疾走《しっそう》をはじめる。

「クド、ジャンプだ！」

「わふっ！」

最初の三つのハードルを、クドは華麗《かれい》に跳び越えた。すべりやすいスロープも四つ足パワーであっさり乗り越え、ヴェルカがミスしたゲートも問題なくくぐり抜ける。

「次はポールだよ、気をつけて！」

「わふ～っ！」

ずらりと並んだ四十本のポールを、縫《ぬ》うようにして走り抜ける。大型犬には面倒な種目だ。いらついて途中で投げ出してしまう犬も多い。

「わふっ、わふっ、わふっ、わふっ……」

「クド、焦《あせ》っちゃだめだよ。落ち着いて。そんなに急がなくていいから！」

理樹の慎重なリードもあって、クドは慌てることなくポールをクリアした。三つのハードルを跳び越え、最後のゲートをくぐる。

『――クドリャフカ選手、タイムは1分24秒40です！』

「やったよクド！　三位入賞だ！」

「わふっ、わふ～～～っ!!」

嬉しそうに飛びついてきたクドに、理樹は思わず頭を撫でてやるのだった。

「だめですよーヴェルカ。これは私がげっとした賞品です。あげませんよー」

中庭の芝生。足もとにじゃれつく二頭の犬を、クドが優しく押しとどめている。三位の賞品は、二十センチほどもある大きな骨だった。

（たしか、ヴェルカたちに賞品あげるために出場したんだと思ったけど……。いや、それ以前に、クドはあの骨をどうするつもりなのかな？　まさか食べるつもりじゃ……）

理樹が心配しながら見守っていると、背後から声をかけられた。

「理樹、これを見ろ」と、鈴《りん》がチラシを差し出す。

「美人猫コンテスト……明日開催？」

「入賞すれば、モンペチの新製品がもらえるんだ。これはみのがせない」

「ふ～ん。で、どの猫で参加するのさ？　……って、え？　まさか……」

　鈴の頭に猫耳が乗っているのに気づいて、理樹は表情をこわばらせた。

「クドはばれなかったんだろ？　あたしだって平気だ」

「いやいやいや」

「理樹、飼い主になれ。あたしならきっと優勝できる」

「優勝ですって？　棗《なつめ》さん、あなた本気でおっしゃってますの？」

　と、通りすがった佐々美《さ さ み》が小馬鹿にする。

「棗さんが優勝できるのでしたら、わたくしなら楽勝ですわね。決めましたわ、あなたが出場なさるの

なら、わたくしだって出場させていただきますわ！」

「ちょ、ちょっと……笹瀬川《ささせがわ》さん、なんのコンテストかわかってるの？」

「そんなの知りませんわ。知りませんけど、棗さんには絶対負けませんわ！」

「いいだろう。かえりうちにしてやる」

「いやいやいや……」


——鈴は緊張しすぎて予選落ち。佐々美はちゃっかり準優勝だった。

おしまい

小毬名作劇場『眠れる森の理樹』

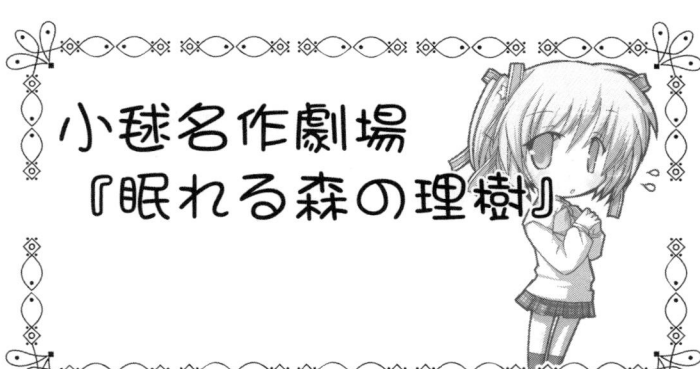

　むかしむかしあるところに――もとい、国内某所のとある学園でのお話です。

　例のあの発作に襲《おそ》われて、理樹くんは深い眠りについてしまいました。鋭《するど》いトゲを持ついばらのツルがぐんぐん伸びて、理樹くんの体を覆《おお》い、さらには学校全体を覆いつくしました。このいばらのトゲに刺された者は、たちまち深い眠りに落ちてしまうのです。

「というわけで、いまから理樹をおこしにいく」

「どういうわけなのか、ちっとも理解できませんわ」

　学校の裏門。当然のように指示を出す鈴さんに、佐々美さんはすかさず反論しました。

「わたくしはべつに、直枝《なおえ》理樹が眠ったままでもかまいませんのよ。なぜあなたに同行して、直枝理樹を起こしに向かわなければならないとおっしゃいますの？」

「ツンデレだな」

「ですから、それはあなただけでしょう！　わたくしはちっとも寂《さみ》しくありませんわ！」

「それは……さびしいからだ」

「なっ、なにをおっしゃいますのっ⁉　馬鹿になさっていらっしゃいますのねっ⁉」

　ふたりは学園の前でバトルを始めると、勢いあまっていばらの中に突っこんでしまいました。

「し、しまった！　刺された……すぅ」

「棗さん、あなたのせいですわよ！　……ぐぅ」

　ふたりが仲良く眠りについたころ、学校の表門前では――。

「まったく、学園の風紀を乱すのもいい加減にしてほしいわね」

「わふーっ。呪いのトゲトゲはべりべりすけありーなのです～」

　風紀委員長の佳奈多《かなた》さんはクドリャフカさんに協力を要請《ようせい》し、二頭の犬とともに理樹くん救出部隊を結成しました。

「直枝理樹が目覚めさえすれば、学園からいばらが消え、風紀が戻るわ。能美《のうみ》さん、協力お願いね。犬に匂いを追わせて、直枝理樹の居場所を捜し出すのよ！」

「らじゃーですっ！　リキ、いまこそうぇいく・みー・あっぷ、なのですーっ！」

「……それ、逆じゃないかしら」

　ふたりは犬たちに導かれて、いばらの中を進みました。が、いばらはまるで生き物のように行く手を阻《はば》み、ふたりと二頭を取り囲んでしまいます。

「わふーっ！　ヴェルカ、ストレルカ、眠っちゃだめなので……すやすや」

「い、いけないわ、風紀委員長たる者がこんな場所で居眠りなんて……すぅ～」

　善戦むなしく、理樹くん救出部隊はいばらの中で眠りこんでしまいました。

「――やっとあたしの出番ね」と、沙耶《さや》さんはツルに覆われた学園をにらみつけました。

「待っててね理樹くん。こんないばらの壁、あっという間に粉砕《ふんさい》してみせるわ！」

　どがががががっ！

「おらおらおらおらぁ～～～～っ!!」

沙耶さんは派手な雄叫《おたけ》びをあげて、M134を掃射《そうしゃ》しました。

こうして、いばらのツルどころか、校舎の壁までもが、あっという間にグズグズになったのでした。

「さ、沙耶──それじゃ、僕のほうまで危ないよ──」

奇跡的に無傷で済んだ理樹くんが、寝言でツッコミを入れます。

瓦礫《がれき》とツルの残骸《ざんがい》を踏み越えて、沙耶さんは理樹くんの眠る男子寮へとたどり着きました。

二段ベッドの下の段で、理樹くんはすやすやと安らかな寝息を立てています。

ごくり。

沙耶さんはつばを飲みこみました。

「さ、さてと……理樹くんを目覚めさせるには……」

どくん、どくん。沙耶さんの胸の鼓動《こどう》が高鳴りました。

「目覚めさせるには……く、く、くちづけ、しなきゃけない、のよねっ……」

耳まで真っ赤になった沙耶さんは、ぎくしゃくと理樹くんのベッドに近づきました。

「べ、べつに大したことないわよ、キスなんて。外国じゃあいさつ代わりだし……そっ、そりゃ、口と口でなんて滅多にやらないけど……しっ、仕方ないわよね。理樹くんを目覚めさせるためだもの。ま、まあ、あたしのファーストキスだったりするけど、べつにそんな深い意味なんて……は、ははは……っ」

ひとりテンパっていっぱいいっぱいになりながら、沙耶さんはそっと理樹くんの寝顔に顔を近づけ、ゆっくりと唇を――。

「ふんがーーーーっ!!」

奇《き》っ怪《かい》な雄叫びとともに、沙耶さんはずざざ～っとあとずさりました。

「はぁ、はぁ、はぁ……だ、ダメだわっ、まだ心の準備が……」

どきどきする心臓を押さえつつ、沙耶さんはその場にぺたんと座りこみました。と、

――ちくっ。

「……へっ?」

沙耶さんは表情をこわばらせました。静かにお尻

を持ち上げてみると、そこには上向きになったいばらのトゲがありました。沙耶さんはその上に尻餅《しりもち》をついてしまったのです。

「嘘……こ、ここまで来といて、あたし刺されたわけ？」

ちくちくするお尻をさすりながら、沙耶さんはひとり激しく自虐《じぎゃく》するのでした。

「し、仕方ないじゃない。最初のキスって、女の子にはすっごく大事なものなんだから！　そりゃ緊張もするわよ！　一流のスパイだって緊張する時はするのよ！　おかしいでしょ？　滑稽《こっけい》でしょう？　いいわよ、笑いたければ笑いなさいよ！　あーっはっはっは、って！　あ～っはっはっはっは……ぐぅ～」

両手を腰に当てて高笑いのポーズをとったまま、沙耶さんは深い眠りにつきました。


「……ん……」

ふと唇《くちびる》にやわらかい感触を覚えて、理樹くんは静かに目を開きました。

「あれ、僕また眠ってたんだ……」

眩《まぶ》しそうにまばたきをしてから、理樹くんはあたりを見回しました。ベッドの傍《かたわ》らにいた人物が、理樹くんに優しく微笑《ほほえ》みかけていました。

「起きたか、理樹。よかったな」

「え……き、恭介《きょうすけ》っ⁉」

理樹くんはがばっと飛び起きて、自分の唇に手を当てました。

「そっ、それじゃ、さっきのはまさか……っ！」

恭介さんはぽっと顔を赤らめました。

「俺のファーストキスだぜ――理樹、責任取ってくれよな」

「うわあああ～～っ‼」

＊　＊　＊

「――と、こんなお話はどうでしょう？」

「ふえぇぇぇ～～っ⁉」

小毬《こまり》は顔を真っ赤にして、ぶんぶんと首を横に振った。

ここは女子寮の一室。絵本の題材に悩んでいた小毬に、美魚《みお》がすてきな（そっち方面の）アイディアを提案していたのだった。

「わ、私、そんなの書けないよぉ～っ」

かたくなに拒絶《きょぜつ》する小毬を、美魚は説得する。

「大丈夫です。最初は抵抗あるかもしれませんが、やってみると意外と楽しいですよ」

「で、でもぉ～」

小毬はノートで半分顔を隠すようにして、不安そうな眼差《まなざ》しで美魚を見つめ返す。

「え、えっとぉ……どうせだったら私、もっとかわいい感じのお話がいいなぁ～」

「かわいいお話、ですか……」

美魚はかすかに首をかしげて、しばし思案《しあん》にくれた。

「わかりました。それでは――こんなのはどうでしょう？」

つづく

小毬名作劇場『理樹ずきんちゃん』

「また……こんな役なのか……」

と、理樹ずきんちゃんは泣きながら深い森の中を歩いています。

「どうせまたひどい目にあうんだ……しくしく」

「ああ、かわいい」

そんな理樹ずきんちゃんの泣き顔に、来ヶ谷《くるがや》さんが木陰《こかげ》で萌《も》えていました。

「ただでさえ萌えキャラの理樹少年が、さらにおとぎ話の主人公コスとは……たまらん。ぜひともこの手でいろいろしてやりたいものだ。ぐふふ……おっと、いかんヨダレが」

理樹ずきんちゃんは、どうやら病気のおばあさんにお花を届けに行くようです。来ヶ谷さんは先回りして待ち伏せすることにしました。

「ちょちょちょちょっ！　そこおかしい！　なんではるちんがおばあさん役なのさーっ⁉」

——すみません、他に適任者がいなかったものですから。

「しかも赤ずきんのおばあさんって！　ひどい目にあうの確定じゃないかーっ！　ひどいヨあんまりだヨ嘆かわしいヨ！　我々は断固《だんこ》として待遇《たいぐう》の改善《かいぜん》を要求するっ！」

——まあ、そこはお話ですので……おとなしく従ってください。

「ちぇーちぇー。みおちん、後で覚えてろーっ」

愚痴《ぐち》る葉留佳《はるか》おばあちゃんのところに、来ヶ谷さんがやってきました。

「これは葉留佳君、老婦人の衣装もなかなか似合うじゃないか」

「え～っ、そりゃないっすよ姉御。見た目なら姉御のほうが年上っぽいじゃないデスか」

「ほう。私が老《ふ》け顔《がお》だとでも言いたいのかな？」

「あっ！　い、いえいえ決してそんな意味ではありませんですヨ……」

「言いわけ無用。さあ葉留佳君、お仕置きターイムだ」

「ひえぇぇぇ～～っ」

こうして葉留佳おばあさんは、来ヶ谷さんに（比喩《ひゆ》的な意味で）食べられてしまいました。

「ひ、ひどいヨ唯《ゆい》ねぇ……もうお嫁に行けないよ～っ」

トントン。「おばあさん、お見舞《みま》いに来たよ」

「おっと、メインディッシュのお出ましだ」

嘆くおばあさんを物陰《ものかげ》に隠してから、来ヶ谷さんはおばあさんのベッドにもぐりこみ、理樹ずきんちゃんを迎え入れました。

「おばあさん、具合はどう?」

「ごほごほ……理樹ずきんや、いつも済まないねぇ」

「それは言わない約束でしょ」

とってもわざとらしい会話を交わすうちに、理樹ずきんちゃんはおばあさんの異変に気づきました。

「おばあさん、どうしておばあさんはそんなに背が高いの?」

「うむ、それはもずくを食べているからさ。キミも身長が欲しければ食べるといい。ミネラル分が豊富で免疫力《めんえきりょく》も向上するぞ」

「そ、そうなんだ、参考にするよ……。それでおばあさん、どうしておばあさんは、そんなにおめめが大きいの?」

「うむ、それはかわいいキミの赤ずきんコスプレ姿をこの目に焼きつけておくためさ」

「それで、おばあさんはどうして、その……そ、そんなにお胸が大きいの?」

「うむ、それは……キミをぱふぱふするためさっ！」

　そう叫ぶと、来ヶ谷さんは理樹ずきんちゃんを（比喩的な意味で）味わうべく襲いかかりました。

と——。

「理樹、危ないっ！」

　そこへ扉を蹴り破って現れたのは、狩人《かりゅうど》の謙吾《けんご》くんでした。

「狩人、って……謙吾、いつもと格好一緒じゃないか。それに竹刀《しない》持ってるし」

「まあ気にするな。男の美学とでも思ってくれ」

「面白い、受けて立とうじゃないか」

　来ヶ谷さんは不敵《ふてき》に笑うと、模造刀を抜いて身構えました。

　——かきんっ！　ずばっ！　ぶぉんっ！

　ふたりの剣がうなりをあげて交差します。

「……どう見ても、おとぎ話の中の戦いとは思えな

いなぁ」

戦いは拮抗《きっこう》していましたが、やがて来ヶ谷さんは次第に劣勢《れっせい》となってゆきました。

「むぅ……やはり剣の腕では謙吾少年には勝てぬか。ここは一旦引くとしよう」

「えっ、ええ～っ⁉　ちょっと姉御、私まだひどい目にあうんデスかーっ⁉」

来ヶ谷さんは、泣きわめく葉留佳おばあさんを手みやげに、その場を逃げ去りました。

「ふう……手強い相手だった」

ほっとしたように吐息《といき》を漏《も》らすと、謙吾くんは理樹ずきんちゃんに笑いかけました。

「理樹、無事でなによりだったな」

「ああ、ありがとう。謙吾がいなかったらいまごろどうなってたか……」

「礼などいい。おまえには、別のかたちでたっぷり礼をしてもらうからな」

「え、それってどういう……えええ～～～っ⁉」

狩人は理樹ずきんちゃんに襲いかかり、（比喩的な意味で）食べてしまいましたとさ。

めでたしめでたし。

＊　＊　＊

「うわぁぁぁんっ！　私そんなお話書きたくなぁい～っ！」

「大丈夫です、神北《かみきた》さん」

なんの根拠《こんきょ》があるのか、美魚は自信たっぷりに小毬を説得する。

「年に二回のお祭りでは、この物語が大人気となること請け合いです」

「で、でもぉ～……私、そーいうの書いたことないし～」

「その点はお任せください。わたしが親切丁寧にお教えします」

「あぁぁぁあう～……っ」

美魚は涙ぐむ小毬の手をぎゅっと握りしめた。

「神北さん――こちら側の世界へ、ようこそ」

小毬はぶんぶん首を横に振った。

「うわぁぁぁ～～～んっ！　ようこそしたくなぁい～っ!!」


――その年、夏のお祭り会場・女性向けスペースに、泣きながら同人誌を売る小毬の姿があったという。

めでたしめでたし

創刊！　リトバス新書
その１

今、世は空前の新書ブーム！

あの会社も新書。この会社も新書。

どっかの聞いたこともない会社も新書のレーベルを創刊！

どの出版社も「取り残されるな」、「右にならえ」で気づけば書店に粗製濫造《そせいらんぞう》の新書が大挙して押し寄せ、棚を占拠している状態。

このブームの中、中堅出版社・リトバス出版も乗り遅れまいと……というか、かなり乗り遅れたかたちで、新書レーベルの創刊を決定した！

「あの……直枝先生、原稿の進み具合はどうでしょうか……？」

――ここはリトバス出版・会議室。

リトバス新書を取り仕切る敏腕《びんわん》編集者・西園《にしぞの》美魚がコーヒーを載せたトレイを持って現れた。

「いや、進めたいのはやまやまだけどさ……」

会議室のテーブルに陣取っていた直枝理樹が、ノートPCから顔を上げた。書くものの内容はともかく、女性と見まがうような細面《ほそおもて》が一部の女性に受け、それなりに出版点数を伸ばしている中堅作家だ。

「この会社、ひっきりなしに怒鳴り声が聞こえてきて、全然集中できないんだけど」

ぼやく理樹に、美魚は物静かに、しかしそれだけに有無を言わさぬ威圧《いあつ》感を込めて言った。

「そんなことをおっしゃられても困ります。先生、放っておいたらいつまで経っても原稿を書いてくださらないんですから」

「だいたい、普通カンヅメって言ったら、どっかホテルに部屋を取ったりするモンじゃないの？」

なおも文句を言う理樹に、美魚は静かな声で返す。

「そんな予算が組めるのは、大手出版社だけです」

「じゃあ、せめてあのヘンな怒鳴り声をなんとか……」

「大丈夫です。さっきもめていた作家さんはもう帰りました」

「え？」

なんだか、イヤな予感に駆られる理樹。

さっきヒステリックに怒鳴り散らしていたあの声、作家だったのか。僕はまた、読者の中のクレーマーが乗り込んできたんだと思っていたけど——って言うか、作家に怒鳴り散らされる出版社って……？

そこまで理樹が考えたその時。

「おいコラ西園っっ‼」

応接室の方から、さっきの人物とは違う怒鳴り声が外から響いてきた。

「こ……これは？」

他人事《ひとごと》ながら、ついついびくついた声を上げてしまう理樹。

「あ……失礼します」

しかし当事者の美魚はそれでも血圧の低そうな表情を崩さず、理樹へと一礼すると、会議室を出ていった——。

「はい、ご用でしょうか？」

「ご用でしょうか、じゃねえっっ!!　オレが先月、ここから出した本のことだよ!!」

――うわ、あの声、真人《まさと》だよ……。

理樹は思う。

スポーツライター・井ノ原《いのはら》真人。本人も筋トレマニアとあって、自慢の筋肉からくり出される怒鳴り声は壁を隔てていても相当な迫力だ。

「おまえ、オレが『筋肉革命』と題して書いた本が出版されたって言うから本屋へ行ってみたら、『筋肉脳の恐怖』ってタイトルにされてるじゃねーかよ!!」

「はい。営業側の意見を聞いたら、そのタイトルの方が食いつきがいいから、とのことでしたので……」

物怖《ものお》じせず、冷静に返す美魚。

――あぁ。

キーボードを叩く手を止め、理樹は上半身をテーブルの上に頽《くずお》れさせた。

『ツッコミ力《りき》』
と仮題をつけた僕の原稿。
果たして書店に並ぶ時は、どんなタイトルがついているんだろう……とふと、その
時の光景に思いを馳《は》せながら――。

つづく

創刊！　リトバス新書　その2

リトバス出版

——それ故、世のあまねくを筋肉に結びつける論調は、いささか軽率に過ぎるとの念を拭《ぬぐ》えないのである……。

「ふう」

なんとかひと段落を書き終え、理樹は一息入れようとコーヒーをすすった。

と、その時。

「みおっっ‼」

ぶぼわっっ‼

思わずコーヒーを吹き出してしまう。

ま……まずい‼

大慌てでハンカチを取り出し、テーブルに飛び散ったコーヒーを拭い取る。幸いにもＰＣは被害を免れたようだ……。

「どうした、みおはどこにいる⁉」

壁を越えて響き渡ってくる、無遠慮でつっけんどんな声。

「はい……なんでしょうか、棗先生？」

またも美魚が冷静に対処している。

――うわぁ……今度は鈴じゃないか……。

口のまわりを拭いながら、理樹は思う。

棗鈴。ペットライターで、猫については日本一といってもいいくらい造詣の深い作家だ。

しかしそんな彼女が何故、息を荒くして――？

「いえ、でも棗先生はそもそも原稿にタイトルをつけてくださらなかったので……」

「そ……そりゃあ、あたしはいつも雑誌に書いてて、単行本は珍しいからな、タイトルをつける習慣があんまりない」

「えぇ、ですからこちらでつけさせていただいたのですが……」

「だからってアレはないだろ！」

やり取りを聞くともなしに聞いていて、ふと気づく。

目の前の書棚に、この出版社の新刊がずらっと並べられていたのだ。

「一体、鈴はどんなタイトルをつけられたんだろう？」

恐る恐る、理樹はその書棚から鈴の著作を探し出す。

「こ……これか！」

そのタイトルに、理樹の胸に鈴への同情心が湧き上がった――。

つづく

今月の新刊

『人生に必要な知識はすべてネコに学んだ』

〜人づきあいができなくても寂しくならない技術〜

棗鈴

リトバス出版

無愛想でもいい！

人間にはツンだからこそ
ネコにはデレられる！

棗鈴
キャットライター。『猫の手帳』『アニマー』をはじめ、十数種に及ぶペット雑誌に執筆。著者本人５０匹に及ぶネコに囲まれて暮らす毎日。

奔走せよ、新米冒険者たち！
―プロローグ―

恭介の宣言はいつも突然だ。

「よし、テーブルトークロールプレイングゲームをやろう」

「「「「「は？」」」」」

理樹、真人、鈴、謙吾、小毬、そしてクドリャフカの声が重なる。全員、鳩が豆鉄砲を喰らった時のような顔だ。

とある休日の昼食時。いつものように寮の食堂にて昼食をとる理樹たちの前で、なんの脈絡もなく恭介が切り出した。

「また突然だね、恭介。もう慣れたけどさ……」

理樹の言葉に、恭介を除いた全員が軽く頷《うなず》いて同意を示す。

「恭介、そのテーなんとかロープゲームってのはなんなんだ？」

「テーブルトークロールプレイングゲームだ」

　表紙にファンタジーっぽいイラストの描かれた本を見せながら恭介が答える。

「だからよ、そのテーブルとクロールプレイングゲームってのはなんなんだって聞いてるんだよ」

「惜しいね、真人君」

「馬鹿の言うとおりだ恭介、それがなんなのか説明してくれ。別段、俺はテレビゲームに興味はないが……」

　笑顔でツッコミを入れる小毬を無視し、謙吾は軽く右手を挙げて恭介に意見する。

「恭介さんのおっしゃっているロールプレイングゲームは、ビデオゲームではなくボードゲームだと思うです。違いますか？」

「そのとおりだ」

　代わって答えたクドリャフカに、恭介が同意する。

「ルールに則《のっと》って行う、ごっこ遊びみたいなものだな」

「「ごっこ遊び？　この年齢でごっこ遊びをやるのか？」」

　真人と謙吾がまったく同じタイミングで意見を口にする。その事実に、両者が共に不機嫌そうな表情を浮かべるのも一緒だ。

「ごっこ遊びはものの例えだ。実際にはもう少しイメージを具体視する力や発想力を必要とする大人のゲームだな」

「クドは、そのテーブルトークロールプレイングゲームをやったことあるの？」

　理樹が視線をクドリャフカへと向ける。クドリャフカはちょうど食事が終わったようで、箸《はし》をきれいにそろえ、箸置きの上に置いたところだった。

「いえ、私は遊んだことはありません。けど西園さんからロールプレイングゲームのゲーム風景を文章化したノベルをお借りしたことがあります。りぷれいって言ったでしょうか、まるで演劇の台本のようでした」

「へぇ、そんな本があるんだ」

「そういえば能美、西園はどうした？」

　恭介がクドリャフカに問いかける。

「わふっ、西園さんは今朝早くからお出かけされていますよ。キャリィバッグを引かれてましたね。『夕方には戻ります』とおっしゃっていたので、まだお戻りにならないと思います」

「そうか。知識があるヤツがいてくれればなにかと助かるんだが、留守なら仕方あるまい。そういうわけでみんな、二時に筆記用具を持って理樹と真人の部屋に集合だ。ひとりでも遅れるとゲームを始めることが出来ないから、くれぐれも遅刻厳禁で集まってくれよ」

　恭介はさも当然のように仕切って、話をまとめる。

「まて恭介、まだ誰も参加するなどと言ってないぞ」

「もう部活は終わったんだろ？　何事も経験だぞ謙吾、やってみなくちゃ面白いかつまらないか、わからないじゃないか」

「む……」恭介の言葉に謙吾が怯《ひる》む。色々な意味で先回りされ、逃げ道を塞《ふさ》がれてしまった感じだ。

「他に意見はないか？　あるなら今のうちに言ってくれ」

「きょーすけ」

　それまで黙って聞いていた鈴が、軽く右手を挙げる。

「どうした、鈴」

「野球の練習はどうするんだ？」

「うん？　聞いてないのか？　今日は近隣学園による女子ソフトボール部交流試合が行われている。俺たちのグラウンドも使用されているから練習はできないんだ」

「僕たちのグラウンドってわけじゃないけどね……」

「聞いてない。けど、そんなことをささ子が言っていた気がする」

「言っていたもなにも『残念ですわね。本日のグラウンドは本来の所有者であるわたくしたちが使用しますわ、ホホホ』なんて、思い切り鈴を挑発していたけどね……」

　フルフルと首を横に振る鈴を横目に、理樹が棗兄妹の言葉にツッコミを入れる。

「面白そうだし、私は参加するよ～。部屋で遊ぶゲームって運命ゲームみたいなものなんだよね？　だったらお菓子を用意した方がいいかな」

　クルクルーと、運命ゲームのルーレットを回すような手つきをしながら、嬉しそうな笑顔を浮かべる小毬。

「運命ゲームとはちょっと違うが……まぁ、当たらずとも遠からずか。会話で進むゲームだ、飲み物があるとありがたい」

「それでしたら私がお茶を用意します。小毬さんはお茶請《ちゃう》けをお願いしますね」

「うん、わかった。たっくさん持っていくよ」

　無邪気にはしゃぐ小毬とクドリャフカ。ふたりはゲームに乗り気だ。

「僕は別にかまわないよ」

「練習がないならヒマだ。しょーがないからきょーすけの気まぐれにつきあってやる」

「くだらん、時間の無駄だ……と言いたいところだが、狭量《きょうりょう》と思われるのは癪《しゃく》だしな。今日のところは恭介に乗せられてやる」

理樹と鈴、そして謙吾も了承。残るは……。

「真人はどうだ？」

「身体を使わねぇゲームは好きじゃねぇんだが、まぁみんなが遊ぶならオレもやる。それより、なんでオレと理樹の部屋なんだ？」

「細かいことは気にするな。よし、決まりだ。重ねがさねになるが、みんな時間どおりに集合してくれよ。それじゃあ解散！」

「らじゃーなのです！　ですがその前に……ごちそうさまでした」

「えっ？　あ、うん、ごちそうさまでした」

「お、おう、ごっそさん」

両手を合わせ、深々と頭を下げるクドリャフカ。理樹らもつられて空となった食器に両手を合わせて頭を下げ、食後のあいさつを済ませたのだった。


二時少し前。寮部屋では理樹と真人が事前に恭介から言われていたとおりにテーブルを二卓用意し、全員が座れるよう並べ、部屋の中央に配置する。

コンコン。

「リキ、井ノ原さん、入ってもよろしいですか？」

「おうクー公か、入っていいぜ」

「どうぞ」

「はい、失礼しまーす」

一番最初に訪《おとず》れたのは、大きなバスケットを抱えたクドリャフカだ。そのバスケットの中には、お茶のセットが入っているのだろう。その後、続々とメンバーが訪れ、二時前には全員が集合した。

【恭介→G　M】よし、みんな集まったな。それじゃあ今からゲームを始める。ゲームの最中は俺を恭介ではなく〝G　M（ゲームマスター）〟と呼ぶように。なお、ここからは書式をリプレイ形式とさせてもらうからそのつもりでいてくれ。

【謙　吾】ふむ……なにを言っているのかよくわから

ないが……。それで俺たちはどうすればいいんだ？

【GM】まぁ待て。まずはゲームの背景を説明させてもらう。

　恭介は先ほど、食堂で目にしていた本の表紙をあらためて皆に見せる。どうやら『バスターズRPG』というタイトルらしい。

【GM】このテーブルトークロールプレイングゲームは剣と魔法、いわゆるファンタジー世界を背景にしている。世界観は西欧の中世時代に近いが、まぁ日本の時代劇みたいなもので厳密には似て異なる。みんなファンタジー世界のコミックや映画、ノベルの一本は見たことあるだろう？　あんな感じだ。

【小　毬】なんか無理やりだけど説得力はある……かな？

【GM】みんなはファンタジー世界の住人となり、冒険者と呼ばれる〝なんでも屋〟になることを志《こころざ》した少年少女を演じてもらう。

【クドリャフカ】なんでも屋ですか？

【GM】あぁ、依頼されれば迷子の猫捜しから、国の存在すら脅《おびや》かす力を持った魔獣退治まで、なんでも請け負う〝なんでも屋〟だ。

【理　樹】それはまた幅広いというか……。

【G　M】もっとも、まだキャラクターは冒険者として駆け出しだ。腕も未熟で、無茶をするとあっという間に死んでしまう。身《み》の丈《たけ》をわきまえて行動してくれよ。

恭介がなにか表に数値の入った用紙を、机の中ほどに置いた。

【G　M】これは名前と性別以外が設定されたキャラクターシートだ。まずこの中から、自分の演じたいキャラクターを選んでもらう。

銘々《めいめい》、キャラクターシートに手を伸ばす。シートにはそれぞれ違う内容が記載されており、計十枚用意されていた。

【真　人】ふーん。なぁ、この〝クラス〟ってのはなんなんだ？

【G　M】クラスってのは戦士とか魔法使いとか、いわゆる職業だな。ファンタジー世界の冒険者として、なにをしたいのかを想像して選んでくれ。どんなクラスがいいかわからないときは「自分に近いな」ってクラスを選んでほしい。

それから十分ほど、みんなで和気藹々《わきあいあい》と話し合い、時には押しつけ合って、それぞれの演じるクラスを決定する。

【GM】みんな決まったか、そうしたら次は名前だ。キャラクターシートのキャラクターは、今のままだと魂のない町人Aだ。だがみんなが名前を書き込むことで、魂が入り冒険者として生まれ変わる。別段、西洋っぽい名前じゃなくてもいいから、好きに決めてくれ。

これが意外と時間がかかり、あーでもないこーでもないと三十分近くかけて、やっと全員の名前が決まった。

【GM】それじゃあみんなのキャラクターの名前と、クラスを教えてくれ。理樹から順に右回りで頼む。あとこれからゲームが終わるまで、みんなはキャラクターの名前で呼び合うように。

【理樹→リノ】えーと、名前はリノで、クラスは魔術戦士。なんかこういうの恥ずかしいね。
【Ｇ　Ｍ】別に恥ずかしがる必要はないだろ。
【リ　ノ】そうなんだけどさ。
【Ｇ　Ｍ】次、鈴。
【鈴→スズ】名前はスズ、クラスはとうぞくだ。
【小毬→マリコ】次は私だね。名前はマリコ、クラスは魔術師にしたよ。女の子の憧れ、魔法少女だね♪
【リ　ノ】魔法少女ってのは、ちょっと違うんじゃあ……。
【謙吾→トシ】名前はトシ、クラスは剣士だ。
【真　人】お前が剣士って、そのまんまじゃねぇかよ。
【ト　シ】そういうお前はなんだ？
【真人→シン】オレはこの『筋力』って数値の一番高い戦士をチョイスだ。名前はシン！
【ト　シ】お前こそ、そのままじゃないか。
【シ　ン】へっ。オレはどこでも筋肉一筋だからな！
【ス　ズ】筋肉馬鹿め。
【クドリャフカ→チェル】私のキャラクターはチェルヌーシュカという名前で、クラスは聖魔術師です。

【シン】また長ったらしい名前だな。

【チェル】チェルと呼んでくださいませです。

【GM】オーケー。理樹……じゃない、リノとマリコ、チェルは魔法が使えるクラスだ。他のクラスの者にも、それぞれ得意技があるから、キャラクターシートをよく読んで確認しておいてくれ。それじゃあゲームを始めようか。

【トシ】恭介、質問だ。

【GM】ゲーム中はマスターと呼べ。

【トシ】マスター、質問だ。演じるとは、一体なにをどう演じるんだ？　キャラクターの能力はなんとなく伝わるが、どのような風貌《ふうぼう》でどのような性格なのか、なんの説明もない。台本とかあるのか？

【GM】台本はないさ。謙吾がトシというキャラクターを作ってなりきり、場面にあった行動をすればいい。ごっこ遊びに例えた所以《ゆえん》は、そういうことだからだ。

【トシ】このトシがどのような人物か、勝手に決めていいということか？

【GM】仲間と組んで協力しあうゲームだ。そのへんをわきまえてくれれば、どう演じるもお前の自由だ。

【ト　シ】わかった。とりあえずは地で演じさせてもらう。

【G　M】充分だ。それではゲームを始めよう。まずはこの挿絵を見てくれ。

恭介は一枚の風景画を掲げる。それは石畳の道の脇に、石や煉瓦《れんが》で造られた家々が密集して並ぶ、中世ヨーロッパ風の都市を描いたもののようだ。

【G　M】みんなはこのように賑《にぎ》やかな都市の、とある冒険者組合に所属する冒険者だ。組合はギルドと呼ばれ、ここで仕事を斡旋《あっせん》してもらうこととなる。みんなは冒険者になりたてで、それぞれのクラスの基礎訓練を終えたばかりだ。

【シ　ン】クラス違いの同期生ってわけだな。

【GM】そうとも言えるな。さて、ギルドはまだノウハウを知らない新米冒険者に対し、最初の仕事だけは無料で斡旋し、パーティの編成もギルド側で指定してしまうのが通例になっている。みんなはギルドの建物内にある一室に通され、初めての依頼を持ってくるであろう上司が現れるのを待っている状態だ。

【リノ】え？　じゃあこのメンバーが、一室内に全員そろっているってこと？

【GM】そうだ。ちなみに部屋の広さは八畳ほど。壁から床から石細工が剥《む》き出しで、テーブルも椅子もない殺風景な部屋だ。

【チェル】わふー、それではここにいる皆さんが最初のパーティメンバーになると、わかるわけですね。

【GM】そう言われてはいないが、おそらくそうだろうと察しはつくな。

【チェル】はろぅ、えぶりばでぃ！　私はチェルと申します。皆さん、よろしくお願いしますね。

【スズ】パーティってなんだ？

【GM】チームのことさ。

【スズ】そうか。

【マリコ】はいはーい、私も自己紹介するよ。私はマリコ、魔法少女をやってるよ。

突然、コンコンと恭介がテーブルを叩く。

【G M】上司の登場だ。盛り上がっているところをすまないな。ちなみにこのギルドのお偉《えら》いさんで、風貌は……。

つづく

-TOWN-

創刊！　リトバス新書
その３

リトバス出版

――その意味において、猫など小動物への偏愛は、社会生活に支障を来す懸念があるとの主張も故なしとはしないのである。


「ふう」

なんとか一段落を書き終え、理樹はふと椅子から立ち上がった。

――ずっと同じ姿勢でＰＣに向かってたから、なんだか背中が痛くなっちゃったよ……。

気分転換に軽く体操でもしようかと思ったその時。

「に……西園さんっっ!!」

またしても壁の向こうから、テンパった声が響いてきた。

「わ……わふー！　どういうことですか、西園さんっっ!!」

その一言で、来客が誰だかわかる。

能美クドリャフカ、愛称はクド。本業は工学者だが、日本の伝統文化についてのエッセイなどでも知られる才媛《さいえん》だ。

「断固、抗議するのです、西園さんっっ‼　私はこれでも、ライフワークのつもりで日本文化論を書いたのですっっ‼」

「それはわかっていますが……」

あいも変わらず、ローテンションな美魚の対応。

「だったらどうして、あんなふーりっしゅなタイトルにりねーむしてしまったんですか？」

「その……能美先生は日本の伝統文化の語り手にしては、口調が少々ユニーク過ぎるかと……」

――そ……そりゃ確かに。

美魚の反論に、理樹もなるほどと思う。

「その意味で、あのタイトルは適切なものだと思うのですが……」

美魚の平然とした返答に、理樹の脳裏にも疑問が湧き上がった。

――一体、どういうタイトルなんだ？

理樹は書棚から、クドの著作を探し出す。

「こ……これだ！」

クドに同情しつつも、そのタイトルに対して「ぴったりだ」という感想が湧いてくるのを、理樹は抑えきれなかった――。

つづく

今月の新刊

「わふー！」と「フウー！」はどう違うのか

〜キャラ芸人のこれまでとこれから〜

リトバス出版

能美　クドリャフカ

好みは和風
耳はワン風

ついてくるのはワンフー

能美　クドリャフカ

テヴア共和国生まれ。ハーバード大学、ケンブリッジ大学研究員を経て、オックスフォード大学理工学部教授。専行は宇宙工学。大の日本通として、また大の愛犬家としても知られる。

創刊！　リトバス新書

その４

リトバス出版

——即ち、日本語の乱れに関しては目下《もっか》隆盛《りゅうせい》を極めているジャパニメーション、萌え文化の影響も大であると言わざるを得ないのである。

「ふう」

また一段落を書き終え、理樹はふと窓へと眼を向けた。

外は雲ひとつないいい天気だ。野球でもしたらさぞかし気持ちがいいことだろう。

——あぁ……。

仕事をさぼっていた自分が悪いとは言え、こんな日に部屋の中にカンヅメじゃ、身体がなまっちゃうよ……。

せめて部屋の空気を入れかえようかと、立ち上がったその時。

「み……みおちゃあああぁぁぁん……っっ!!」

今度は壁の向こうから、泣き声が聞こえてきた。

「あら？　どうされました、神北先生？」

そして続いて聞こえてくる、美魚の平然とした声。

――うわ、小毬さんまで……。

内心、理樹は呆れ果てた。

神北小毬と言えば、有名な童話作家。

確か一般のお母さんたちに向けて「子供たちのためにあなたも絵本を作ってみよう」といった趣旨の本を出すとか聞いていたけど……。

「ひどいよ、みおちゃあああん……」

「はい、そうはおっしゃいますが『新書はタイトルが九割』ですから」

「そ……そんな、新書のタイトルみたいな言い方しなくてもぉぉ……」

小毬はなおも泣き声を上げる。

ムリもない、「タイトルが九割」でそのタイトルを勝手につけられてしまっては、作家の立場はどこにもない。

――一体、小毬さんの本はどんなタイトルなんだ？

理樹は再び書棚に歩み寄り、小毬の本を捜した。

「こ……これか！」

他の新書に増して辛辣《しんらつ》なそのタイトルに、理樹はその場で固まってしまった——。

つづく

今月の新刊

いつまでもボケと思うなよ

〜なぜ天然に見えて博識なのか〜

神北 小毬

リトバス出版

同じ天然でも

星はヒトデより数段上！

神北 小毬

童話作家。自作のラジオドラマ化を皮切りに、童話界のスターに。代表作『がんばるぺんぎんさん』をはじめ、著書多数。
２００９年、第２５回新見北吉賞受賞。

奔走せよ、新米冒険者たち！
―旅立ち―

コンコン。恭介がテーブルを叩く音が響く。

【GM】上司の登場だ。盛り上がっているところをすまないな。ちなみにこのギルドのお偉いさんで、風貌は……そうだな、ブルー●・ウィ●スを想像してくれ。

【チェル】わふぅ、ブ●ース・●ィルスですか！　上司さん、今日もスキンヘッドがせくしーですね。

【シン】よくわかんねぇ。

【GM】頭髪のことはどうでもよろしい。ひよっ子ども、まずは訓練終了おめでとう。そしてヤクザな冒険者稼業《かぎょう》にようこそ。これから最初の仕事を引き受けてもらう。なに、ひよっ子でも達成できる簡単な仕事だ。

【トシ】ひょっとして馬鹿にされているのか？

【GM】口調はそうだが、内実は人を馬鹿にする人物ではない。緊張を解《ほぐ》そうとしているのだと思ってくれ。

【トシ】わかった。

【GM】内容は商人《トレーダー》の護衛だ。依頼人はこの街の商人プラティコドン。港町へと荷物を運搬する際の護衛をしてほしいとの依頼だ。

【リノ】危険なの？

【GM】港町へはしっかりとした街道が通っており、要所要所に衛兵の詰め所もある。比較的安全だが、最近、街道近くの村が野盗に襲われたという例もある。そこで万が一の時のために、六人という大所帯で護衛をしてもらうこととなった。かかる日数は片道六日ほど。報酬はひとり四十金貨、任務達成後にこのギルドで支払う。

【シン】その四十金貨ってのはよ、どのくらいの価値があるんだ？

【GM】一日、ちょっと贅沢《ぜいたく》すると一金貨を消費する。ちょっとあらっぽいが一金貨は一万円相当って考えてもいいだろう。

【トシ】初心者が二週間弱で四十万円稼げるなら上等だろう。

【シン】そうかぁ？　命の危険があるなら、安いと思うぜえ。

【GM】ギルドは冒険者を支援する組合だ、あまり無茶な依頼はしないさ。新米冒険者ならそこその報酬だと思ってくれ。報酬は成功報酬、プラティコドンと荷物を無事に港町へと届けたら支払われる。いかな理由があろうと任務を達成できなければただ働きになる上、悪評もついてしまうから気合を入れてくれよ。

【スズ】あたしはもう武器を持っているのか？

【GM】あぁ、全員、ギルド推奨の新米用装備を持っている。二週間分の食料も必要になるから、各々二金貨ずつ所持金を減らしておいてくれ。

【シン】チマチマと細けぇな。

【GM】なにか特別に欲しいアイテムがあったら言ってくれ、このギルドにある範囲で買うことができるからな。

【トシ】片手剣と盾という武装は俺の趣味じゃない。両手剣は売っているか？

【GM】あぁ、なら片手剣と盾と引きかえに渡そう。データも書きかえる必要があるから、後で説明する。他には？

【スズ】猫が欲しい。

【GM】猫？　猫は売ってないが……まぁ、雑種でよかったら、最初から飼っていたことにしていいぞ。

【スズ】じゃあ飼ってる。三毛猫だ。

【GM】了解。キャラクターシートにそう書いておいてくれ。

【チェル】では私は犬が欲しいです。

【GM】犬？　同じく雑種でよければ飼っていたことにしていい。ただしヴェルカたちほど賢くないぞ。

【チェル】さんきゅーなのです。これからしつけますから、のーぷろぶれむです！

【GM】他は？

【マリコ】私、お菓子が欲しいなぁ。この世界でもクッキーとかならあるでしょ？

【GM】あるだろうな。だが現代ほど安価に買える代物じゃないぞ。一金貨で小袋いっぱい程度だ。

【マリコ】えーっと、じゃあね、今、六金貨持っているから五金貨分買いまーす。

【リノ】そ、それはまずいんじゃあ⁉

【GM】売った。豪快だなマリコ。一袋分おまけだ、五金貨と引きかえに六袋分の菓子を買うことができたぞ。

【マリコ】やったぁ♪

【リノ】いいのかなぁ……。

【GM】それじゃあ時間を進めるぞ。みんな家や宿に戻り、それぞれ思い思いの夜を過ごした。そして翌朝、上官から指示された商人の店へと赴《おもむ》くと、店の前には荷物を満載にした二頭立ての荷馬車と、おそらくプラティコドンが乗るのであろう、ちょっといい感じの屋根つき馬車が停められていた。

【シン】オレたちも、その馬車に乗るのか？

【GM】そんなわけなかろうっ！　と、背後から大声が聞こえる。見れば年の頃は六十くらいだろうか、小柄で真っ白な頭髪をした身なりのいいじいさんがそこに立ち、値踏みするようにみんなを見ている。

【シン】なんだこのジジィ。

【チェル】シンさん、そういうことを言ってはいけませんよ。きっと依頼主のプラティコドンさ

んです。

【GM】そのとおりじゃ。お前たちのことはギルドから聞いておる。なぜお前たちを馬車に乗せねばならんのだ、丁稚《でっち》どもと一緒で歩きに決まっておろう！　どうしても乗りたければ、一日につき一金貨支払うんじゃな。

【リノ】丁稚って……。

【トシ】馬鹿が失礼した。俺たちが守るのはアンタと荷物、そして丁稚たちか？　丁稚のことは聞いてないが……。

【GM】ワシと荷物だけ守ればいい。丁稚どもも自分の身くらい自分で守れるだろう。

【リノ】丁稚は何人いるの？

【GM】四人じゃ。ひとりは荷馬車を、もうひとりはワシの馬車の御者《ぎょしゃ》を務める。ふたりは歩きじゃ。

【シン】四人なら御者席に乗れるんじゃね？

【GM】乗る人数が多ければ、それだけ馬が疲れるじゃろうが。

【シン】ひでーっ！　人より馬かよっ!!

【GM】お前たちはしっかりとワシと荷物を守ればいい。報酬が欲しければ、余計な口出しはせんでもらおう。

【リノ】丁稚たちは武装しているの？

【GM】見たところ丸腰だな。まだ朝だというのに、どの丁稚も疲れた顔をしている。

【リノ】丸腰で自分の身を守れって……。

【チェル】私たちで守って差し上げましょう。

【GM】物好きな連中だ、報酬は追加せんぞ。

【チェル】構いません、そうしたいだけですから。

【GM】ふん。時間じゃ、行くぞ。プラティコドンは不機嫌そうな顔で馬車に乗り込むと二つ三つ御者に指示し、馬車を出す。

【スズ】馬車は大きいのか？

【GM】プラティコドンの乗った馬車は小型の乗用車ほど、荷馬車は大型の乗用車ほどの大きさだな。荷馬車は積んだ荷物の上に布がかけられている。

【スズ】じゃあ荷馬車の空いている所に丁稚を乗せるぞ。

【GM】なるほど。しかし丁稚たちは、心遣いはありがたいのですが、ばれたら旦那様よりお暇を出されてしまいます。と、誰も乗ろうとしない。

【チェル】そんなぁ。

【トシ】まぁ連中には連中の事情がある。へんにちょっかいを出さず、俺たちは俺たちの任務を遂行すればいい。
【リ　ノ】そうだね……。
【シ　ン】まぁよ、馬車の中に閉じこもっているより外を歩いていた方が気分もいいし、身体も鍛えられるぜ！
【マリコ】丁稚さんたちにお菓子を一袋、こっそりと差し入れてあげるよ。美味しいよ、多分だけど。
【G　M】菓子は散々、遠慮した末に受け取った。こんな高級なもの、私たちなどに勿《もっ》体《たい》のうございます。
【マリコ】いいのいいの。お菓子はみーんなに食べてもらって、美味しいって言ってもらうのが一番幸せなんだから。
【G　M】さて、時間を進めるぞ。出発から二日間、馬車は何事もなく街道を進む。周囲の光景は一面の草原となり、人っ子ひとり見あたらなくなった。そして三日目の夕方。空が朱色に染まり出した頃に馬車は停止。プラティコドンの指示により丁稚が野宿の準備を始める。さて、ここで判定だ。

恭介が六面体サイコロを数個持ち出し、テーブルの上に置く。

【ＧＭ】みんな、キャラクターシートの中ほどに『知覚力』という値があるだろう。その値からサイコロ二個を振った合計を引いて、残った値を俺に教えてくれ。サイコロ二個の合計が知覚力以上だったら失敗だ。

【リノ】３。

【スズ】６。

【シン】ちっ、失敗だ。

【チェル】１です。

【トシ】俺も１だ。

【マリコ】うわっ、サイコロが両方とも６だよ！

【ＧＭ】あぁ、６ゾロが出たら、例え知覚力以下だとしても大失敗だ。まず６のスズ。周囲の気配が違うのが分かる。

【スズ】気配？

【ＧＭ】そうだ。具体的には鳥や虫の声が聞こえず、

とても居心地が悪い感じだ。スズほどハッキリとはわからないが、判定に成功した者も妙な気配を感じることができる。

【スズ】そうか、じゃあみんなにそう伝える。

【GM】そして大失敗したマリコは、ポーッとしていて転倒したことにしよう。

【マリコ】うわーん、痛いよリノくーん！

【リノ】大丈夫、マリコさん？

【シン】お前ら、子供じゃねえんだからよ……。けど、居心地悪い感じか。オレは全然感じないんだけどよ、野盗とやらがオレたちを見ているのかもな。

【トシ】そうかもしれん。今晩は見張りの数を増やした方がいいだろう。三人ずつ二交替でいいか？

【リノ】そうしよう。

【GM】じゃあ日もとっぷりと暮れ、食事の終わったプラティコドンは馬車近くのテントにもぐり込む。お前たち、今晩もしっかり見張れよ！

【シン】へーへー、わかってまっさ。

【GM】テントの前には、いつものように丁稚がひとり見張りについた。さて、見張りをする組み合わせと順番を教えてくれ。

【トシ】俺とシンは別れた方がいいだろう。

【シン】異存はねえけど、なんでだよ？　見張りの間までオレの顔なんか見たくねえってか？

【トシ】馬鹿者、そんな私情で皆を危険にさらせるか。イザというときのために戦士系は別れた方がいいだろう？

【リノ】じゃあ魔法を使える僕とマリコさんも別れた方がいいね。

【トシ】いや、この場合、知覚力の高いふたり、リノとスズが別れるべきだな。

【チェル】では、必然的に私とマリコさんが別れるわけですね。

【トシ】そうなるな。

パーティ内での話し合いの結果、前半はシン、スズ、チェルの三人が、後半はトシ、リノ、マリコの三人が見張りにつくことになった。

【GM】（前半と後半、サイコロの数値の低い方に野盗が出ることにするか。2と4、前半だな）

じゃあシン、スズ、チェルの三人が見張りについてから二時間ほどが経過し

【チェル】どんなって……。

た。今、三人はどんな感じで見張りをしている？

【シン】まぁ火は焚《た》いているだろうな。チェルは火の近くにいてくれ。オレとスズは定期的に馬車近辺の見回りをしている、ってことでよくね？

【チェル】そうですね。

【スズ】それでいい。

【GM】では三人とも、『知覚力』の能力値で判定してくれ。

【シン】よっしゃ、今度は成功。1だ。

【スズ】3。

【チェル】私は失敗しました。

【GM】よりによってチェルが失敗か。

【チェル】わふっ、なんで『よりによって』なんですかぁ⁉

【GM】シンとスズは、近くに人がひそんでいる気配を感じ取る。そしてチェルは『回避力』で判定だ。二回判定して、値のいい方を教えてくれ。

【チェル】えーと……（コロン、コロン）。一度目が2、二度目が5だから5です。

【GM】5なら回避成功だ。突如、チェルの周囲に数本の矢が打ち込まれる。幸いにして身体には当たらなかったが、時を同じくしてテント前で見張っていた丁稚から悲鳴が聞こえる。

【チェル】きゃあきゃあ！　めいでーめいでー！　何事ですか!?

【シ　ン】馬鹿っ、悲鳴を上げているヒマがあったら火から離れろっ！　連中、火の回りの人影を狙っているんだ!!

【チェル】な、なるほどっ、わかりましたぁ！　急いで火の近くから離れます。丁稚さんはどうなったのでしょうか？

【Ｇ　Ｍ】チェルが転がり逃げながらテントの方を見てみれば、見張りの丁稚が倒れているのがわかる。ハッキリとはわからないが、矢が足に刺さっているようだ。

【ス　ズ】大声をあげるぞ。起きろ、敵だ！

【リノ】起きていいの？

【GM】今夜は特に警戒していたから、問題なく起きていい。スズの声に反応し、プラティコドンと丁稚たちも起きたようだ。なにっ、敵じゃとぉ⁉

【チェル】プラティコドンさんたちは、早く馬車の中に逃げてくださいっ！

【GM】チェルに言われるまでもなく、プラティコドンは一目散に馬車の中に逃げ込む。お前たち、金は払っているんだ、死んでもワシと荷物は守るんだぞ‼

【リノ】えっ、丁稚たちは？

【GM】馬車の中に逃げたのはプラティコドンひとりだけ。どうやら内側から鍵を掛けてしまったようだ。

【シン】くあぁっ！　こんなヤツを守るのかよっ‼

【トシ】いいから早く敵を倒さんかっ！　丁稚たちは安全なところに逃げろっ！

【シン】くそっ、敵はどんな感じだ⁉

【GM】人数は不明。どうやら四方から襲いかかってきている。じゃあ戦闘行動だ。能力値の『決断力』順に行動する。ちなみに敵の決断力は、一律6だ。この戦闘での行動順番はスズ→リノ→トシ→チェル→マリコ→敵（五人）→シンとなる。ただしテントで寝ていたリノ、トシ、マリコは、最初の一巡目はテントから出るだけで行動できない。

【スズ】近くに敵はいるのか？

【GM】スズに敵Aが向かっている。

【スズ】斬る！

【GM】なら命中判定だ。サイコロ二つの合計値を『命中力』から引いてくれ。その値が3以上なら命中だ。

【スズ】（コロコロ……）。えっと4だ。命中した。

【GM】オーケー。スズの装備する短剣は命中時、さらにサイコロ一つぶんの『追加ダメージ』を与えることができる。もう一度振ってくれ。

【スズ】（コロコロ……）。サイコロは2、『追加ダメージ』は2だ。

【GM】なら合計ダメージは4だな。まだまだ敵はピンピンしているぞ！

　この後、火の近くにいたチェルに敵三人が殺到《さっとう》。大きな被害を受けるが、リノたちが駆けつけたことで戦況は逆転。襲ってきた全ての敵を倒してしまう。

【シン】よーしっ、ダメージはマックスの15！　これでどうだっ!!

【GM】そりゃあどうしようもないな。シンの剣は敵の胸を刺し貫き、絶命させてしまう。

【シン】うへっ、そりゃまたエグイ描写だな……。

【リノ】チェル、大丈夫？

【チェル】えーと、私、大丈夫なんですか？

【GM】まぁゲームだからな。剣で切られようと槍で突かれようと、死なない限りピンピンしている。実際問題として、傷はひどく痛むだろうが。

【チェル】わふー、問題ありませんが大問題です！　さっそく自分に治癒《ちゆ》の魔術を使いますね。えーと、サイコロの出目《でめ》に足すことの『聖魔術ボーナス』が3ですから……はい、これで全快ですね！　わふっ！　そうです、最初に怪我した丁稚さんにも治癒の魔法をかけてあげないと……。

【トシ】単なる野盗とは思うが一応、襲ってきた連中の所持品を確認する。なにか特別な所持品はあるか？

【GM】特にないな。着古《きふる》した衣類と皮の防具に、刃こぼれした短剣。腕には前科者の証である入れ墨が入れられている。

【トシ】ふむ。

【ＧＭ】さて、みんなが治療なり身元確認をしていると、なんじゃとぉ！　というプラティコドンの怒声が聞こえる。

【マリコ】すっかり存在を忘れてたね。どうしたんですか、そんな大声を上げて？

【ＧＭ】どうしたもこうしたもあるか！　積み荷が足りないではないかっ!!　プラティコドンは荷馬車ではなく、馬車にくくりつけてあった荷物を確認し、顔を真っ赤にして怒っている。

【リノ】ええっ!?

【トシ】迂闊《うかつ》だったな、他にもひそんでいた敵がいたのか。

【ＧＭ】おい、丁稚ども！　プラティコドンが丁稚を呼ぶと、それまで隠れていた三人の丁稚が駆け寄る。どうした、丁稚一号ことベリ

オがいないではないか。殺されたのか？
【チェル】えぇっ！　最初に矢を受けた方がベリオさんなのですか？
【G　M】いや、彼は丁稚三号のロマリで、ちゃんとプラティコドンの前にいるよ。
【シ　ン】ってことは、そのベリオってヤツはオレたちが気づかないうちに倒されちまったってことか？
【G　M】いや、そのような気配はなかった。

丁稚たちと共に周囲を捜すパーティ一同。しかしベリオの姿を見つけることはできなかった。

【シ　ン】ダメだ、ベリオってヤツの姿はどこにも見えねぇよ。
【G　M】みんなと丁稚の報告を受け、プラティコドンはある答えに達して怒り狂う。ベリオめ、荷物を盗んで逃げおったなっ！
【マリコ】あーあ。
【チェル】わふぅ……。
【ト　シ】ってことは、俺たちの落ち度ではないな。

【ＧＭ】トシのぼやきを耳にしたプラティコドンが、慌てて食ってかかる。そんなわけあるかっ！　契約はワシの命と荷物を守ること、丁稚が盗もうがそれは契約を守れなかったということじゃ!!

【トシ】違うな、身内の裏切りがあった場合も守らなければならないという事項はなかったハズだ。

【ＧＭ】なんじゃと、この若造がっ！

【トシ】これ以上の言い合いは平行線だ。街に着いたら直接、ギルドに聞いてくれ。もちろん街までの護衛は続ける。契約どおり外敵からあんたと荷物は守ろう。

【ＧＭ】くっ！　どうやらプラティコドンはみんなを言いくるめるのを諦《あきら》めたようだ。

【シン】なんてジジィだ。

【マリコ】おじいちゃん、調子よすぎだよぉ。

【ＧＭ】わかった、追加報酬を出そう。だからベリオをとっ捕まえてきてくれ。

【マリコ】えーっ！

【シン】そんなの引き受ける義理はねぇ。さっさと街まで送って任務を終わらそうぜ。

【ＧＭ】馬鹿モン！　あの荷物は目玉商品のひとつ、諦めるわけにいくかっ！　荷物が戻らん限りワシはこの場を動かんぞっ。お前たちとの契約に期限は定めておらん。いつまでも護衛しとるがいいわっ!!

【シン】くあーっ！　このジジィ、めんどくせぇっ!!

【スズ】もう帰ろう、つき合ってられない。

【リノ】ちょっと待ってよみんな。えーと、プラティコドンさんに聞こえないよう小声で話すね。まだ荷物をベリオさんが盗んだと決まったわけじゃないし、ひょっとしたら誘拐《ゆうかい》されたのかもしれない。消息をハッキリさせて、さらわれたのなら助けてあげた方がいいんじゃないかな。

【チェル】そうですね、私はその案に賛成します。

【トシ】ふむ。助けに行くならやぶさかではないが……プラティコドンさん。

【GM】なんじゃ、荷物を取り戻してくるまで、ワシはテコでもここを動かんぞ。

【トシ】そうじゃない。追加の報酬が出るなら、捜しには行こう。だが俺たちのいない間、アンタの護衛はどうするんだ？　先ほど野盗に襲われたばかりじゃないか。

【GM】むっ……で、ではこの先にある衛兵の詰め所で待つとしよう。それで心配はあるまい。

【リノ】ベリオさんを追いかけるなら、今すぐ追わなければなりません。詰め所までの護衛はどうしますか？

【GM】馬車で急げば半日ほどの距離じゃ、今すぐ向かえば問題ないじゃろ。

【トシ】もしその間に野盗に襲われたら？

【GM】えぇい、うるさい！　わかった、その間に襲われてもお前たちの責任は問わんわっ。だからさっさとベリオを追いかけんかっ!!

【リノ】念のため、一筆書いてください。その後に追いかけます。

【GM】くそっ、抜け目のない連中め……。

【シン】どっちがだよ……。


念書を交わした後、ベリオの追跡に向かう一同。

野盗が出るような場所で、丸腰の商人見習いが突発的に逃げるとは考えにくい。

失踪《しっそう》には野盗が関わっていると考えた一同は、プラティコドンから周辺の地図を借り受け、情報収集のために近くの村へと向かうことにした。

つづく

創刊！　リトバス新書
その５

リトバス出版

——故に甘い物の食べ過ぎは控え、ダイエットしなければならないのである。


「ふう」

また一段落書き終え、理樹は立ち上がる。

今度こそとっとと窓を開け、部屋の空気を入れかえよう。

——と、そう思った瞬間。

「西園女史？」

凛《りん》と通る声が部屋に響いた。

「はい、なんでしょうか来ヶ谷さん？」

「なんでしょうか、じゃないだろう、これはなんだね？」

——ちょっとちょっと、今度は来ヶ谷さんともめてるわけ？

他人事ながら、心配になる理樹。来ヶ谷唯湖《ゆいこ》と言えば優秀な数学者でありながら、剣術家としても名を馳せるスーパーウーマンじゃないか。あんな人をもし怒らせたら……。

しかしそれでも、美魚は冷静沈着な声を崩さない。

「はぁ……それは来ヶ谷先生の新刊かと」

「私が言っているのはこの写真だ」

「はぁ……なるべく写真うつりのいいものを選んでくれと、デザイナーさんには言ったのですが――」

「問題は写りの善し悪しではなく、私自身こんな写真を撮った記憶はない、ということだよ、西園女史」

「ええ、それはちょっとフォトショップで……❤」

美魚に微笑まれ、来ヶ谷は溜息を漏らした。

「はぁぁ……私はキムチともずくでやせるダイエットの本を書いたはずだが、何故こんな表紙に？」

「すみません、なにぶん我が社は営業の発言力が強いものでして……」

しゃあしゃあと、さっきと同じ言いわけを口にする美魚。

「全く君にはかなわんよ……」

――写真？　フォトショップ？

理樹は思わず、書棚に来ヶ谷の名前を捜した。

――今までとはちょっと、クレームの内容が違うみたいだけど……あ、あった。

来ヶ谷の新刊を手にして、理樹は思わずそれを落っことしてしまいそうになった。

「わわわわ……っっ!!」

それはウブな理樹には、少々刺激の強いものだった――。

つづく

今月の新刊

胸部格差

～巨乳に萌える男、貧乳に萌える女～

リトバス出版

来ヶ谷 唯湖

著者です。
ご一緒にダイナマイトバディに
なりませんか。

来ヶ谷 唯湖
数学者、剣術家。専攻分野は非ユークリッド
幾何学。高等数学を可愛らしいキャラクターと
共に学ぶ『萌えるトポロジー』などの
ベストセラーで知られる。

水平線をめざせ（タイタニック編）

『——避難警報《ひなんけいほう》が発令されています。住民のみなさんは、すみやかに指定の避難場所へ退避してください。繰り返します、現在区域全体に避難警報が——』

公営のスピーカーから、何度も何度も警告が発せられる。が、より緊迫感を伴《ともな》って聞こえるのは、絶《た》え間ない濁流《だくりゅう》の音だった。

二つの台風と長雨が重なった結果、ついに学校の横を流れる川が氾濫《はんらん》した。雨はとっくにあがっていたが、上流からの水が大量に流れこみ、水かさはどんどん増してゆくばかり。近辺の家屋は床上浸水の被害を受けた。もちろん、この学校も例外ではない。

教師たちの誘導によって、生徒はみな避難していた——一部をのぞいて。

「まだ終わらんのか⁉」

「……これで最後です」

叫ぶような謙吾の問いに、疲労で青ざめた美魚が答える。美魚から重い段ボール箱を受け取ると、謙吾はざばざばと水を蹴りながら廊下を進んでいった。

——寮の浸水がはじまると、美魚はパニックに陥《おちい》った。彼女からのSOSを受けたリトルバスターズは即座に集結。普段は男子禁制（理樹除く）の女子寮だが、この時ばかりは男子勢も入場を許された。全員が心を一つにして、バケツリレー方式で荷物を上階へと運びあげたのだった。

こうして、美魚の同人誌たちは救われた。

「ありがとうございます、みなさん。なんとお礼を言えばいいものやら……」

「いや、礼ならそこの少女たちに言ってやるといい」

来ヶ谷は涼しげな顔でそう言って、廊下の隅で座りこんでいるクドと葉留佳を示した。

「あ、あいむべりべりたいあーど、なのです～」

クドの顔は汗でぐっしょり濡れていた。三階の乾いた通路にいたにもかかわらず、外の濁流から上がってきたばかりのようだ。

「申しわけありません、能美さん。このお礼はいつか必ず……」

「でも、本が無事でよかったね。もう少しで水に浸《つ》かるところだったよ」

理樹がほっとしたようにつぶやくと、謙吾が深く頷いた。

「読書家の西園が、血相《けっそう》を変えて助けを求めるくらいだ。貴重な本も多いのだろうな」

「はい……すでに解散してしまったサークルの本など、もう二度と手に入りませんので」

「とっ、ところで鈴はどこ行ったのかな？」

理樹はあわてて話題を変えた。自分たちがＢＬ同人誌のために働かされていたと知れば、真人あたりが暴動を起こしかねない。

「あれぇ？　そういえば、りんちゃんいないねぇ？」

「鈴ちゃん、下の階にいたんじゃないの？」

小毬と葉留佳の問いに、恭介が首を横に振る。

「いや、一階には西園と男子だけだ」

「鈴さん、途中まで私と一緒でしたけど、いつの間にかいなくなってしまったです」

クドの説明を聞いた理樹の顔が、さーっと青ざめた。

「まさか、外に出ていったんじゃ……」

と、理樹の携帯がメールの着信を告げる。理樹は慌ててメールを確認すると、

「……大変だ！」

と叫んで、寮の外へと飛び出した。

「おい理樹、待て！　……くそ、しょーがねえな」

恭介は小さく舌打ちすると、背後を振り返って仲間に指示を出した。

「真人、俺と来い！　謙吾は窓から俺たちを誘導してくれ。他の連中は食料と水、それに使えそうな物資の確保を頼む。もう避難場所へは行けそうにないからな」

すでに水は腰の高さにまで達していた。流れは速く、濁《にご》った水が体にまとわりつく。流されそうになりながらも、理樹は水をかきわけてグラウンドへ向かった。

「鈴、鈴！　大丈夫っ⁉」

「理樹、助けてくれっ！」

部室の中からくぐもった声。扉を開けると、数匹の猫にまとわりつかれた鈴が、机の上で危なっかしく立っていた。

「鈴……こんなとこでなにしてるのさ？」

「こいつらが逃げ遅れてた。だから助けに来た」

「で、自分も逃げ遅れたんだ……」

理樹は途方《とほう》にくれた。猫を抱いて濁流を渡るのは無理そうだ。これでは、自分も鈴と同じく立《た》ち往生《おうじょう》だ。

「困ったな……。仕方ない、とりあえず屋根に避難しよう」

　鈴を窓から屋根にのぼらせて、猫を一匹ずつ手渡す。不安そうな鳴き声をあげる猫たちを残らず屋根に上げてしまうと、理樹は自分も屋根に移った。

「ここで、助けが来るのを待とう。——助けが来てくれれば、だけど」

「理樹は裏庭を渡って校庭へ向かった。おそらくグラウンド方向だ」

「了解！　引き続き誘導頼むぜ」

　寮で待機している謙吾に叫び返すと、恭介は濁流の中を慎重に進んだ。

「理樹、鈴！　頼れる筋肉がいま行くぜっ！」

　真人は威勢良く叫んで、ざっばんざっばん音を立てながら恭介を追い越した。

「おい真人、無理するな！　足もとになにがあるかわからんぞ」

「ちんたらやってられっかよ！　理樹がピンチなんだぜ……おっ、うおおっ⁉」

いきなりの急流が、波のようにふたりに押し寄せた。

「ち、畜生っ！　……ごぼごぼがぼっ」

「真人、大丈夫か⁉　……っと、他人事じゃねえな」

濁流に流される前に、恭介は近くにあった木の枝を掴んでいた。さかあがりの要領で自分の体を持ち上げると、さらに枝を上へと登る。

真人は濁流に呑《の》まれつつ、校門の外へと押し流されていった。まあ、あいつはそう簡単に死ぬやつじゃない——と、恭介は自分に言い聞かせる。

それよりも恭介自身だ。これでは身動きが取れず、理樹たちを助けるどころではない。


水位がじわじわ上昇している。部室が揺れた気がして、理樹は不安になってきた。

「きゃあああ～～～っ‼」

鋭い悲鳴に振り返ると、ひとりの女子生徒が濁流にもみくちゃにされていた。

こちらに流されてくる女子生徒に、鈴は手を差し伸べて呼びかけた。

「ささ、ささささ……ささっさん、つかまれ！」

「て、適当な愛称をつけないでください……ごぼごぼっ」

濁流に呑まれそうになりながら、佐々美は必死に手を伸ばした。理樹に体を支えられた鈴が、その手をしっかりと掴む。

「ごほ、ごほっ……。だ、誰もあなたに助けてほしい、なんて頼んでいませんわよっ」

「なんだ、助けてほしくないのか」

鈴が手を放しかけると、佐々美の表情が恐怖にこわばった。

「きゃあああっ！　う、嘘ですっ、嘘ですわっ！」

佐々美がじたばたと屋根に上がったとたん、部室全体がぐらりと揺れた。

「うっ、うわっ」「な、なんですのこれはっ？」「り、理樹っ!!」

猫たちが鈴にしがみつき、鈴と佐々美が理樹にしがみついた。部室はわずかに傾いたかと思うと、そのまますっと浮き上がり、ゆっくりと移動し始めた。

「ま、まさか……流されてるのか⁉」

恭介はくやしさに唇をかみしめた。鈴と理樹が気がかりで仕方なかったが、このままでは自分も遭難者だ。

「棗恭介、乗りなさい！」

その声に振り向くと、小さなモーターボートがこちらに向かってくる。恭介は慎重にタイミングを計《はか》り、弾みをつけて枝を蹴った。ボートは小さく揺れたものの、速度を落とすことなく恭介の体を受け止めた。

「助かったぜ。借りができたな」

「お礼なんていいわよ。理樹くんのためだもの」

沙耶の返答に、恭介は重々しく頷いた。「そうだな、理樹のためだ」


「ところで笹瀬川さん、避難もしないでなにしてたのさ？」

理樹が尋ねると、佐々美は顔を真っ赤にして、「べ、べつになんでもありませんわっ。部室で居眠りして逃げ遅れた、などということでは決してありませんのよっ。……そ、それより棗さん？　この猫どうにかなりませんの？」

猫たちは不安なのか、震えながら鈴たちにしがみついていた。理樹にも一匹、そしてなぜか佐々美には三匹がまとわりついている。

「おまえ、気に入られたみたいだな。よかったじゃないか」

「よくありませんわっ！　わたくしが猫嫌いなのはごぞんじでしょうっ？」

「この機会になかよくしてやってくれ」

「きぃぃ〜〜〜っ！　冗談じゃありませんわっ！」

などと騒いでいるうちに、部室はグラウンドを離れ、下流へと流されていった。


「まずいな……川を流されてるぞ」

ボートの先端に陣取った恭介が目を細める。はるか前方に、部室の屋根に乗った理樹たちの姿が見えた。

「おい。このボート、もっとスピード出せないのか？」

「これが限界ね。隠し場所に放置したまま、ろくに手入れもしてなかったのよ」

後部で舵《かじ》を操りながら、沙耶が申しわけなさそうに答えた。

「そうか、まあ仕方ない。手漕《てこ》ぎよりはましさ」

「まあね……。ところで、あれ、あなたのお友達じゃない？」

沙耶が指さす方向を振り返ると、学生服の男が「うおおおお〜〜っ！　理樹、いま行くぜぇぇぇ〜〜っっ!!」などと叫びながら、波をかきわけて泳ぐ姿が見えた。

「……真人、泳いで理樹を追うつもりか？」

「彼を拾っていると、理樹くんたちに追いつくのが遅れるけど……どうする？」

「うーん……まあ仕方ない。真人はそう簡単に溺《おぼ》れたりしないさ」


「どうした、腹がへったのか？」

鈴にしがみついている猫たちが、顔を見あげてにゃーにゃー鳴きだした。

「待ってろ。いまごはんをやるからな」

鈴は自分の荷物からモンペチの缶を取りだした。フタを開けて屋根の上に並べると、猫たちは怯《おび》えるのも忘れてモンペチに顔を埋めた。

「……鈴、ずいぶん準備がいいね」

「理樹、あたしたちもなんかたべよう」

鈴はさらに荷物をさぐって、大量のキャンディだのクッキーだのを取りだした。

理樹はあきれた。「鈴……本当に準備がいいね」

「こまりちゃんにもらったんだ。ささっさんも食べるか？」

「……あなたの施《ほどこ》しなど受けませんわ」

「それとも、モンペチのほうがいいか」

「だ、だれが猫の餌なんて食べるというんですのっ⁉」

などと楽しく言い争っているあいだにも、三人と数匹を乗せた部室はどんどん下流へと流されてゆく。理樹は不安げに周囲を見回した。なんだか海の匂いもしてきた。

「どうした理樹。たべないのか？」

「……ねえ、鈴は心配じゃないの？」

「ん？」口いっぱいにクッキーを頬張《ほおば》って、鈴はきょとんとしている。

「このままずっと流されて、沖まで行っちゃったら……とか思わない？」

「ん～……」

鈴はしばらくもぐもぐやって、口の中のお菓子を飲みこんでから、口を開いた。

「流されても、たぶん平気だ」

「平気、って……なんで？」

「理樹がいる。猫だっている。だから平気だ」

「――棗さぁん。どなたかお忘れじゃあございませんこと？」

佐々美の射《い》るような視線は無視して、鈴は理樹に向かってにっこりした。

「モンペチだって、まだたくさんある。お菓子もあるぞ。だから理樹、もし海まで流されたら、無人島で猫たちといっしょにくらそう。ふたりいっしょなら、きっと平気だ」

「ですから、ここにもうひとりいますわよっ！」

「いや笹瀬川さん、そんなことにはならないから大丈夫……だと思うけど」

とは言うものの、海の匂いが強くなってくるにつれ、理樹も本気で不安になってきた。

（無人島か……。椰子《やし》の実って食べられるのかな？　釣りの準備とかしといた方が……）

理樹が本格的にサバイバルの覚悟を決めはじめた時、モーター音が聞こえてきた。


「おそいぞバカ兄貴。なにしてた」

「おまえなー、それが助けてもらっといて言うことかよ？」

ぶつぶつ文句を言いながらも、恭介は鈴がボートに移るのを手伝ってやった。次に佐々美が「せ、狭いですわね」などと言いながら飛び移り、その間に理樹は鈴に猫たちを手渡してやった。

「ありがとう沙耶、おかげで命拾いしたよ」

ボートに飛び乗った理樹がそう告げると、沙耶はじんわり涙ぐんだ目で振り返った。

「理樹くん……あたし、猫に嫌われてるみたい」

見ると、猫たちは沙耶からいちばん遠いボートの先端に集まっている。

「何度も呼んだのに、寄ってきてくれないの……ぐすっ」

「いや、たぶんモーターの音がうるさいからじゃないかな？」

理樹の懸命《けんめい》なフォローで、沙耶はなんとか立ち直った。舵を器用に操り、ボートをUターンさせる。一行は川の流れに逆らって、もと来た方角へと戻りはじめた。

「……」

鈴が遠い目で後ろを振り返った。理樹がその視線を追うと、半分水没した部室の屋根が、どんぶらこと下流へ遠ざかってゆくのが見えた。

「無人島……いってみたかったな」

（鈴、まさか本気で……？）

理樹は漠然《ばくぜん》とした不安を覚えた。そのとき、視界の隅で、なにか黒いものが見えた気がした。

「なんだろう、あれ。アザラシかな？」

その黒い水棲生物《すいせいせいぶつ》は「おっ、おい、待ちやがれっ、てめーら……ごぼごぼっ」などと鳴き声をあげながら、波間に見え隠れしている。

「真人……運の悪いヤツだ」

恭介は顔をしかめた。どうやらボートをUターンさせた時、行き違いになったらしい。

「朱鷺戸《ときど》、あいつを拾ってやれるか？」

「燃料がかなり減ってるのよ。これからは上流へ向かうことになるし、モーターの出力不足を考えると、とても寄り道してる余裕はないわね」

「なら仕方ない。真人ならうまく切り抜けるだろう」

「おっ、おい、恭介っ！　てめー、あとで覚えてやが……ごぼ、ごぼごぼっ」

アザラシらしき水棲生物の恨み言は、やがて濁流に呑まれて聞こえなくなった。

つづく

創刊！　リトバス新書

その6

リトバス出版

——即ち、女性の胸の豊満さと知性との間には、取り立てて相関関係があるとは思えないのである。

「ふう」

ようやく、原稿は完成した。

「やれやれ、これで帰って三日ぶりにベッドに入れる……」

立ち上がり、大きく伸びをしたその時。

「いやぁ～～～ははは！　これで帰って六日ぶりにベッドに入れますヨ!!」

能天気な声が響いてきた。

しかし、今度はそれまでの応接室からのものとは違って隣の部屋から聞こえてきたような……。

「え？　え？　え？」

理樹の戸惑う声が聞こえたのかどうか。

ばん！

ドアを開けて、見知った顔が会議室へと入ってきた。

「ありゃりゃ、理樹クンも居残り勉強ですか？」

能天気な声をかけてきたのは三枝葉留佳《さいぐさはるか》。確かビー玉とかベーゴマの本を書いていたと思ったけど、一度もらった本を読んでみたら、普段のしゃべりと一緒《いっしょ》でなんだか支離滅裂《しりめつれつ》な文章だった覚えが——。

「いや、別に居残り勉強してたわけじゃないんだけど……」

理樹の返答を聞いているのかいないのか、葉留佳は笑顔でうんうんと頷く。

「そうでショそうでショ、私も文章の校正に手間取って、ずっと居残り勉強させられてたんですヨ！」

——今まで気づかなかったけど、今まで隣の部屋で、葉留佳さんが作業してたんだ。というか、葉留佳さんの本って、あれで校正してたんだ……。

そんな思惑も知らず、葉留佳は理樹の眼の前に自著を掲げる。

「ほら！　原稿自体はずっと前に完成してて、表紙見本はもうとっくに仕上がってたんだけど……だからとっとと校正をやれって、ずっとみおちんにせっつかれてたんですヨ！」

「あ……あの、そのタイトルは……？」

理樹はおずおずと尋ねるが、葉留佳自身はまるで気にしていないかのように能天気に笑った。

「あぁ、これ？　みおちんがつけたんだけど……いいタイトルでしょ？」

「いいんだ……」

「え？」

「あ、いや、葉留佳さんがそれでいいっていうんなら、いいよ、あはは……」

理樹は、力なく笑い声を上げた——。

つづく

今月の新刊

脈絡はなくていい

～声に出して日本語を読みたいだけ～

三枝 葉留佳

リトバス出版

声に出したり三食ボールペンを使ったりでベストセラーになるのなら嫁に出したり三食アイスクリームを使ったりしたらミリオンセラーを狙えるんじゃないかと思い立ったもののよく考えればはるちんの「少女力」と「お気楽力」と「騒がし力」の三位一体による「はるちんメソッド」を使えばそんなことなどしなくてもメガヒットなどカンタンだ！ と気づいた

天才作家・はるちん渾身の書き下ろし!!

三枝 葉留佳

伝統玩具研究家。ビー球、ベーゴマなど日本の伝統的な玩具やその遊び方などを紹介した『はるちんウルトラスーパーダイナミックスペシャルジャパニーズトラディショナルトイボックス』で人気を得る。独特の語り口によるエッセイも好評。

騒がし王葉留佳

―二木さん捕り物日記より―

【某月某日】

「三枝だー！」「三枝葉留佳が現れたぞーっ！」

廊下《ろうか》で響く風紀委員たちの声を聞きながら、私はひとり頭を抱えた。

三枝葉留佳。いたずらの天才、騒乱《そうらん》罪常習犯、疾《しっ》走《そう》する迷惑、騒がし乙女《おとめ》――。数々の不名誉な称号をほしいままにしている、風紀委員の天敵……いや、宿敵。

風紀委員長としての立場上、私は彼女を捕獲《ほかく》しなければならない。だが三枝葉留佳は、我々の努力をあざ笑うかのように、追跡の手をするりと逃れてしまう。

「三枝が逃げたぞ！」「いかん、見失うなっ！」

このままではいけない。あの三枝葉留佳には、並の手法は通用しない。ただ追いかけるだけではなく、なにかしら対策を練らなければ。だが――どうしたものか。

【某月某日】

『委員長、配置完了しました！』

無線からの頼もしい声に、私は満足感を覚えた。

風紀委員会としては、授業の邪魔になるような捕獲作戦は実行できない。放課後のチャイムが鳴ると同時に、全風紀委員が行動を開始、あらかじめ決められた配置についた。水も漏らさぬ三枝葉留佳包囲網。標的がどこに現れようと、我々の手の内である。

が——そこで計算外のことが起こった。ターゲットが現れないのだ。

倉庫や空き教室はおろか、いつも仲間とたむろしているグラウンドにも姿が見えないという。私はいてもたってもいられなくなり、風紀委員会室を飛び出した。

「あぁ、はるちゃんなら、今日は風邪ぎみだから早めに寝るって言ってたよ～」

神北小毬の証言に、私は愕然《がくぜん》とした。完璧な包囲網を敷いた今日に限って、三枝葉留佳は寮の自室にこもっているというのだ。

三枝葉留佳——なんという恐るべき幸運の持ち主だろう。

【某月某日】

部屋で報告を待っていては、ストレスがたまる一方だった。今日は私が自ら陣頭指《じんとうし》揮《き》を執《と》ることにした。場所は三枝葉留佳が頻繁《ひんぱん》に姿を見せる、北校舎一階の空き教室。教室内と窓に人員を配置。餌としてオレンジケーキを設置し、床全体にトリモチを仕掛けた。標的がトリモチで動けなくなったところを確保する作戦だ。いわば葉留佳ホイホイ。

私は入口横のロッカーに身をひそめ、標的が現れるのを待った。やがて扉が開き、何者かが入ってくる気配がした。だが——数分待ったが、なにも起こらない。

おかしい。標的がトリモチに引っかかれば、なんらかの物音が聞こえるはずなのに。静寂《せいじゃく》に耐えられなくなり、私はロッカーの扉を小さく開いた。と、

「うりゃっ」「きゃあああああっ！」

いきなり扉を開け放たれて、私はバランスを崩してしまった。両手と両膝をついて転倒はまぬがれたものの、トリモチで身動きがとれなくなる。

「やはは｜、いいカッコですナーお姉ちゃん」

三枝葉留佳の声は、ロッカーの上から聞こえてきた。葉留佳は扉を開いた瞬間に罠を見抜いて、さらに私がロッカーにひそんでいるのを直感で察知したのだろう。すかさ

ずロッカーの上に飛び乗って、私が焦《じ》れて姿を現すのを、じっと待っていたのだ。

　しかも——餌のケーキをマジックハンドで入手し、むしゃむしゃと頬張りながら。

　屈辱的な姿勢に耐えながらも、私は感嘆の念を禁じ得なかった。驚くべき葉留佳の洞察力《どうさつりょく》、運動神経、そして忍耐。ああ、その才能を他のことに生かしてくれていたら……。

「三枝だっ！」「逃がすな、包囲しろ！」窓の外から風紀委員の叫び。

「おっとアブナイ。そいじゃまたネ、お姉ちゃん」

「ま、待ちなさい！　葉留佳っ！」

　風紀委員たちが集結するより早く、葉留佳は廊下を飛び出して走り始めた。と——。

「は、葉留佳さん？」「やはー理樹くん、さ～一緒に逃げようラナウェイ！」

遠ざかる二つの足音、そして楽しげな笑い声。

それを耳にした私は、ひとつの策略《さくりゃく》を思いついた。悪魔のごとき策略を。


【某月某日】


──音もなく扉が開いて、ひとつの影が風紀委員会室に忍びこんだ。

窓には暗幕が張ってあり、室内は暗い。廊下側の扉が唯一の光源だったが、扉が閉まると同時に再び闇が訪れた。

侵入者はしばしその場に留まっていた。やがて目が闇に慣れたのか、静かに行動を開始する。姿勢を低く保ったまま、部屋の隅にある檻《おり》に近づいて、そっと手を伸ばした。

「理樹くん、大丈夫？」

「……葉留佳さんっ⁉」

「よかった～、無事だったんだね。待ってて、すぐ助けてあげるからネ」

「ダメだよ葉留佳さん、逃げて！　これは罠──」

がしゃんっ！

「し、しまったっ⁉」

「かかったわね、三枝葉留佳‼」

部屋の隅にひそんでいた私は、暗幕を引いて光を呼びこんだ。

　明るくなった室内に、鉄製の檻が二つ。片方には直枝理樹が、そしてもう一方には、たったいま罠にかかったばかりの三枝葉留佳の、悲壮《ひそう》な姿があった。

　――私の策略、それは直枝理樹を餌《えさ》に用《もち》いること。逃げ足の速い葉留佳に比べれば、直枝理樹を捕らえるのは容易《たやす》い。

　さらに、葉留佳の動揺を誘うこともできる。油断した葉留佳が罠にかかるのは当然の結果だ。

　完璧な作戦だった。ただひとつの欠点――卑劣《ひれつ》きわまりない作戦だ、という点を除けば。

「ひどすぎるよ、お姉ちゃん！　理樹くんはなにもしてないじゃない！　せめて、せめて理樹くんだけでも逃がしてあげて！　私はどうなってもいい

から！」

葉留佳の悲痛な叫び声が、風紀委員会室にこだまする。

私の胸は痛んだ。

葉留佳の才覚、驚嘆すべき逃げ足、そして深い友情――それら全てをだいなしにして、私は自らのプライドを優先させたのだ。

ごめんなさい、葉留佳――あなたこそ、この学園の騒がし王よ。

＊＊＊

「あー喉渇いた。おねーちゃん、オレンジジュース買ってきて～」

「あなた自分の立場がわかってるの？　ここには水しかないわ。懲罰《ちょうばつ》が終わるまでは我慢しなさい」

「んーなんかタイクツだな～。せめて理樹くんとおなじ檻に入れてくんないカナ？」

「なっ！　そ、そんないかがわしいことは許可できません！　おなじ檻でなにをするつもり？」

「ナニって、そりゃーあやとりとか、おはじきとか、ずいずいずっころばしとか。あー、さてはおねーちゃん、エッチなこととか考えてたデショ～？」

「そっ、そんなわけないでしょうっ！」

「あははははっ、赤くなった赤くなった～っ」

「あの……それで、僕はいつになったら出られるのさ？」

「ところでお姉ちゃん、このネタが『狼王《おおかみおう》ロボ』のパロディだってこと、何人くらいの読者さんが気づくと思う？」

「そんなの知らないわよっ！」

おしまい

奔走せよ、新米冒険者たち！

―死闘編―

【GM】東の空が赤らむ頃、遠くに村門らしきものが見える。だが近づいてわかることだが、野生動物避《よ》けの塀は朽ち、村の門も開け放たれたままだ。周囲に目を向けてみれば、本来なら色々な農作物が植えられていなければならない畑も、すっかり荒野と化している。

【リノ】そういえば、街道沿いの村が野盗に襲われたって話があったよね。

【チェル】なんでこんなひどいことをするのでしょう、ちゃんと働けば食べられるのに……。

【トシ】犯罪者に同情する気はないが、ちゃんと働けない理由があるからだろう。

【シン】お前ら、そんな悠長《ゆうちょう》なこと話してる場合じゃねぇだろ。

【トシ】違いない。

【GM】村に近づくと塀だけではなく、目にする建物のすべてが朽ちかけているか、焼けて崩れているのがわかる。

【シン】火まで放ったのかよ、徹底的だな。

【リノ】村に人の気配は？

【GM】それを知るには村の中に入るしかないな。入るか？

【リノ】えっ？　えーと……。

【トシ】見張りもいないような場所に罠などないだろう。門から堂々と入ろう。

【GM】では、みんなは朽ちた門をくぐって村に入る。外から見た光景となにも変わらず、朽ちたか焼けた家々が目にはいるだけだ。

【リノ】人が生活していそうな家なんか……ないよね？

【GM】あぁ。さてみんな、ここで『知覚力』の判

定をしてもらおう。

コロコロ……。と、一斉にサイコロが転がる。

【GM】3以上が出たのはスズだけか。
【マリコ】今度は大失敗しなかったよ！
【GM】それは良かったな、失敗は失敗だが……。スズ。
【スズ】なんだ？
【GM】朽ちた家の陰から、お前たちを見つめる人影があるのを見つけた。
【スズ】おい、そこのお前、出てこい！
【リノ】ちょっと鈴……じゃなかったスズ！
【シン】だーっ！　ストレートすぎるだろうよおいっ！
【トシ】(無言で頭を抱える)
【GM】人影はスズの声を聞くや、一目散に逃げ出した。
【シン】オレたちは逃げる人影に気づけるのか？
【GM】いや、気づけたのはスズだけだ。

【スズ】追いかける。逃げるのか？　やましいところがないなら逃げるな！

【チェル】スズさん、危険です！

【シン】スズを追いかけるぜ！

【トシ】俺もだ。待てスズ！

【リノ】僕も。

【チェル】私も追います。

【マリコ】えっ？　えーと、わ、私も行くよ。みんな待ってよー！

【GM】どうやら人影は一目散に逃げているようで、スズを撒《ま》こうという気は感じられない。ただしここは知らない村の中だ、スズは追いかけきれるか『運動力』で判定してくれ。

【スズ】サイコロ2つだな。（コロコロ）両方とも1だ。

【GM】それなら成功だな。人影は村の奥へ奥へと逃げ、大きな建物の中へと入っていった。見上げれば屋根の上には十字架が飾られている。

【スズ】教会か？

【GM】どうやらそのようだ。どうする、人影を追って中に飛び込むか？

【スズ】うーん……みんなを待つ。

【Ｇ　Ｍ】わかった。じゃあほどなくしてリノたちは、立ち止まって教会を見上げるスズに追いつく。

【マリコ】やっと追いついたぁ。

【スズ】あいつ、教会の中に飛び込んでいったぞ。

【リノ】ひとりで行動しちゃ危ないよスズ。

【スズ】みんな追いかけてくると思ってた。

【リノ】けど……。

【スズ】あたしが追いかけなければ、あいつを逃していたぞ。それでもいいのか？

【シン】まぁ、スズの言うことにも一理あるし、結局、無事だったんだからいいじゃねぇか。

【トシ】過ぎたことを言ってもしょうがあるまい。それより今は教会だ。教会は朽ちてないのか？

【Ｇ　Ｍ】ひどく傷《いた》んではいるが、基本的な造りが丈夫なおかげか朽ちるには至っていない。焼けた跡も見あたらないな。

【チェル】マスター、聖魔術師とは聖職者《せいしょくしゃ》のことなのですか？

【Ｇ　Ｍ】違う。能美が見たリプレイがなんのルールを元にしているのか知らないが、このゲームでは聖職者と聖魔術師は別物だ。

【チェル】そうですか、では私は教会に特別な思い入れはありませんね。

【スズ】早く中に入ろう。そうしないと逃げられるかもしれない。

【シン】そうだな。

【リノ】ちょっと待ってよ。スズが見たって人、わざわざ教会まで逃げて飛び込んだんだよね。だったら罠かもしれないよ。

【シン】かまうもんか、罠があっても力でねじ伏せればいいのさ。

【スズ】（コクコク）

【トシ】まてこの猪ども、俺はリノの意見に賛成だ。みすみす敵の手の内に飛び込む必要はない。

【チェル】私は……。

【スズ】みんな行かないなら、あたしひとりで行く。きょーすけ、走って扉から飛び込むぞ。

【GM】マスターと呼べ。

【シン】ちょっと待てスズ、オレも行く。剣を構えて扉に特攻するぜ！

【リノ】スズ、シン！

【トシ】えーい、単細胞どもが。

【マリコ】あわわ、わ、私たちはどうしようか？

【チェル】わ、わふー！　どうしましょう？

【トシ】どうしたもこうしたも、連中の後を追うしかあるまい！

【リノ】ちょっと待って！　マリコとチェルはふたりを追って、助けてあげて。トシは僕と一緒に別の入り口を探して、そこから飛び込もう。

【トシ】なんだと!?　別れて行動する気か!?

【GM】すでにスズたちが走って向かっている以上、判断は即決だぞ。マリコ、チェル、トシ、どうする？

【マリコ】わかったよ。リノ君の判断を信じて、スズちゃんたちの後を追うね。

【チェル】私もそうします。

【トシ】……わかった、俺もリノの策に乗ろう。

【GM】じゃあまず正面乗り込み組から進めるぞ。まず最初に教会に飛び込むスズとシン。

【シン】おうよ。

【GM】ふたりは扉を力任せに開けて、教会の中に入る。そこは長机が並べられた、一般的な教会の造りだ。至る所が汚れてはいるものの厳《おごそ》かな雰囲気が残っており、一番奥まった所にある祭壇《さいだん》の上には小さいながらステンドグラスが飾られている。その祭壇の手前にはプラティコドンの部下の衣服を着た男がしりもちをつき、ひどく怯えた感じでスズたちを凝視していた。

【スズ】お前……なんて名前だっけ？

【シン】なん……だったけな？　まぁとにかく、お前は丁稚か？

【チェル】マスター、私たちは……。

【GM】あぁ、チェルとマリコは、まさにこのタイミングで教会の中に入った。

【チェル】ベリオさんですよ。

【スズ】そうだった。

【シン】おーっ、そうだったベリオだベリオ。

【スズ】お前はベリオか？

【GM】男はベリオという名前を聞くと、身体を丸めてうずくまってしまう。ひーっ、ゆ、許してくださいっ！

【スズ】やっぱり荷物はお前が盗んだのか？　だったらおとなしく返せ。

【GM】ベリオはスズの声にも答えず、ヒーヒーと怯えるだけだ。

【シン】このままじゃ話にならねえな、近寄って首根っこふん捕まえてやるか。

【スズ】(コクコク)

【マリコ】シン君、スズちゃーん。お手柔らかにねーっ。

【チェル】あまり荒っぽいようなら、私が間に入りますね。

【GM】ごめんなさい！　ごめんなさい！

【シン】うるせーよ、話してくれなきゃ、わかるものもわからねえだろ？

【スズ】(コクコク)

【GM】さて、乗り込み組はみんなでベリオに近づいたわけだ。シンが手を伸ばし、ベリオの首根っこを掴みかけた瞬間、ガタン！　という音とともに四方に配置された机が倒れ、中からふたりずつの計八人の男が飛び出す。内四人が弓矢を構え、シンたちを目がけて矢を放つ。

【シ　ン】おわぁ！　そりゃ卑怯じゃねぇか⁉
【チェル】放ってきたって、ベリオさんが居るのにですか⁉
【G　M】そうだ。四本の矢が誰に当たるかはサイコロで決める。1でシン、2でスズ、3でチェル、4でマリコ、5と6でうずくまって動こうとしないベリオだ。
【チェル】待ってください！　私、ベリオさんに覆い被さります！
【シ　ン】ばっか！　おめぇ今、一番、生命点が低いじゃねぇか！
【G　M】なら1でシン、2でスズ、3と4でチェル、5でマリコ、6でベリオに変更だ。

サイコロを一度に四つ振る恭介。出た目は1・3・3・4。

【シ　ン】どわーっ！　チェルに三発だとお⁉
【チェル】わふぅ！　これはヤバイかもわからないですねっ‼
【G　M】ふたりとも『回避力』で判定してくれ。『回避力』からサイコロ二つの合計値を引き、4以上残れば回避成功だ。
【シ　ン】（コロコロ……）オレは余裕で成功だけどよ。
【チェル】ここは気合なのです！　ふぁいとー！　さんはーっ‼（コロコロ……）　失敗、

失敗、大失敗。わふーっ!!
【シ　ン】なんだとぉー!?
【ス　ズ】それはひどすぎる!!
【マリコ】チェルちゃーん!!
【Ｇ　Ｍ】あー、ダメージだがショートボウは一律7点。ただし最後の一発は防具による防御効果はなしだ。
【チェル】えーと、防具の防御で3点減少できますから、4点＋4点＋7点で15点のダメージ。あと1点！　あと1点だけ生命力は残ってますぅ!!
【シ　ン】よくやった！　さっさと自分で回復しろチェル公!!
【チェル】はいっ！
【Ｇ　Ｍ】あー、悪いがすぐにはできない。チェルは今、ベリオに覆い被さっているから両手が

自由に動かせず、魔術がかけられない。聖魔術をかけるなら起きあがらなければならないから、さらに次のラウンドになる。

【シン】ってことは？

【GM】もう一度、四本の矢が降ってくる。それに耐えなきゃいけないってことだ。

【マリコ】私がチェルちゃんに覆い被さって守るから、シン君とスズちゃんは野盗をやっつけて！

【シン】馬鹿野郎！　チェルより基本の生命点も防御力も低いお前が、なにしてるんだっ‼

【マリコ】大丈夫だよ、チェルちゃんが立ち上がるまでだから……。

【GM】マリコ、とても残念な知らせがある。覆い被さってきたお前が退かなきゃ、チェルは立ち上がれない。

【マリコ】あ……あーっ！

【チェル】わふーっ‼

【シン】この三国一の大馬鹿野郎‼

　この後、スズは野盗に向かって走り出すも、ふたり組の内のひとりが立ちはだかり、弓矢を持った野盗に近づけない。

シンはチェルとマリコを守るように立ち、ふたりをかばうと宣言。避けると矢がふたりに当たるかもしれないため、ひたすら身体で矢を受け止めるはめに。またシンがかばいきれない矢がマリコに命中し、少ない生命点を削る。

どうすることもできず、三人の命は、まさに風前の灯火《ともしび》となった。

【GM】さて、ここらで場面の切りかえだ。時間は巻き戻って、教会前のリノとトシ。

【シン】そうだよ、ふたりともなにやってんだよ！

【GM】外野は黙っているように。さてリノ、トシを引き留めてどうしようっていうんだ？

【リノ】教会に窓はあるよね？

【GM】ああ、何カ所かな。

【リノ】じゃあ窓から中の様子をうかがい、敵がいるなら飛び込んで奇襲をかけるよ。

【GM】わかった。中の様子はご覧のとおり。今はチェルがベリオに覆い被さったところだな。

【トシ】懸念《けねん》したとおりではないか、馬鹿どもめ……。どこから弓矢が放たれているか、俺たちにわかるか？

【ＧＭ】あぁ、野盗ももう隠れておらず、注意力もシンたちに向いているからな。

【トシ】リノ、時間がない。それぞれ敵の不意をつくよう飛び込むぞ。

【リノ】そうだね、そうすれば最悪、二本の矢の発射を防げる。

【ＧＭ】ではうまく飛び込めたか判定だ、『運動力』で判定してくれ。３以上残さないと失敗するぞ。

【リノ】(コロコロ……)成功！

【トシ】(コロコロ……)同じく！

【ＧＭ】じゃあ場面かわって教会内だ。再び矢が放たれようとしたその瞬間、突如、二カ所の窓ガラスが割れて、人影が飛び込んでくる。

【シン】おせーぞ馬鹿っ！

【トシ】馬鹿はお前だっ！　もっと慎重に行動しろと言っただろうっ!!

【ＧＭ】弓矢を構えていた野盗も、突然の奇襲に浮き足立ち、このラウンドは行動できない。判定に成功したリノとトシは、すぐにでも行動できるぞ。

【リノ】じゃあ一番近い弓矢をもった野盗を斬りつけます！

【トシ】同じくっ！

リノは魔術戦士が持つ、魔術を使った剣術で野盗を一撃で屠《ほふ》り、またトシも得意技を使用して野盗を屠る。

またスズも剣を持った野盗をかいくぐり、弓矢を持つ野盗に接近し斬りつける。倒すには至らなかったが、弓矢の発射を阻止することに成功した。

飛んできた一発の矢をシンは盾で受け止め、やっとマリコとチェルが立ち上がることに成功する。

【マリコ】やっと立ち上がれたよぉ！
【チェル】これで聖魔術が使えますね！
【シ　ン】お前ら、自分で自分を窮地に陥らせたって……わかってるか？

チェルはまず生命点が一番低くなった自分を回

復。継いでマリコ、シンを回復する。

【マリコ】魔法少女マジカルマリコ♪を怒らせた罪は、重いんだからねっ！

【リ　ノ】そのフレーズ、気に入ったんだね……。

そしてマリコは魔術でスズが斬りつけた野盗（弓矢）を攻撃し、トドメを刺すことに成功。この後もリノ、トシとの直接攻撃とマリコの魔術の連携で野盗を倒し、形勢が一気に逆転。

チェルの聖魔術による治療で生命点があらかた回復したシンは、ノーマークだった野盗（弓矢）の元へと飛び込んで斬りかかり、弓矢をもった野盗は全滅。残った野盗も十数秒後には全員、倒されることとなった。

【シ　ン】か、勝ったぁ！

【チェル】もうダメかと思いましたぁ。

【マリコ】本当だね。

【ス　ズ】……すまない、元はと言えばあたしが無茶をしたからだ。謝る、ごめん。

【シン】そうだぜ、リノたちが機転を利かせてなかったら、ひとりくらいは死んでいたかもしれないんだ。反省しろよ。

【スズ】お前にだけは言われたくない。

【シン】なにぃ⁉

【トシ】スズの言うとおりだ、この筋肉脳。お前も反省しろ。

【シン】……ちっ、わーったよ。オレも悪うござんした。これでいいだろ？

【トシ】それのどこが反省しているというのだ、どこがっ‼

【リノ】まぁまぁ、それより話を進めようよ。そこでうずくまっているの、ベリオさんでしょ？

【シン】そうだ！　あらためて首根っこ捕まえて持ち上げるぜ。この野郎、一体どういうつもりなんだっ‼

【GM】ひっ、ひぃっ！


話をまとめると、ベリオはその要領の悪さも手伝い、いつもプラティコドンから罵《ば》詈雑言《りぞうごん》を受けており、彼をひどく憎んでいた。

ある日、プラティコドンが港町へと赴くと聞き、ベリオは逃げ出すことを決意。ただ逃げ出すだけでは悔しいし、なにより追いかけられてしまう。そこで野盗と話をつけ、自身を匿《かくま》い、どこかへと逃がしてくれるという約束の元、プラティコドンが移動する予定日を教えた。

だがパーティのせいで多くの仲間を失った野盗は、その腹いせにベリオを捕獲。あらためてプラティコドンを襲うべく準備をしていたところに、パーティが訪れたのだという。


【トシ】最低だな、お前は。剣の切っ先をベリオの喉元に突きつけるぞ。

【GM】反省はしている、助けてくれよ！

【シン】どうする、警察に突き出すか？　この世界にいるならだけどよ。

【GM】そりゃあそれに相当する公安組織はあるさ。

【スズ】お前が盗んだ荷物はどこだ？

【GM】あ、あぁ、こいつらに盗られちまったが……根城《ねじろ》は知っている、おそらくそこにあるはずだ。

【スズ】だったら案内しろ。

【GM】わ、わかった。

ベリオに通された場所は、おそらく元は村長なり権力者が所有していたであろう、一回り大きな屋敷だ。ただし地上階は朽ちており、ワインセラーだったと思われる地下室に案内される。

地下室には金貨や貴重品が蓄えられており、その中にベリオがプラティコドンの元から盗んだ荷物、白い壷もあった。

【シ　ン】なぁ、この金貨や貴重品、どうなるんだ？

【チェル】もちろんお巡りさんに渡します！　拾い物は交番へ、猫ばばなんてしちゃいけませんです。

【シ　ン】だよなぁ……ちぇっ。

【ス　ズ】盗んだのはこの白い壷なんだな？

【G　M】あぁ、本当だ。これは東方世界の壷とかで、

【スズ】どえらい価値があるって聞いたんだ。価値なんかどうでもいい。これを取り返すのが、あたしたちの仕事だ。あとお前がどうとか聞いてない。逃げたいならさっさと逃げろ。

【全員】えっ⁉

【GM】それでいいのか？

【スズ】（コクコク）

【シン】ちょっと待てよスズ。オレたち、こいつのせいで死にかけたんだぜ？　逃がしちまっていいのかよ⁉

【スズ】じゃあ連れて帰るか？　きっと残りの護衛で、嫌な気分になるぞ。

【シン】ま、まぁそうだろうけどよ……。

【トシ】そうだな、俺もスズの意見に賛成だ。もうこのようなヤツの顔なんか見たくないし、この先なにができるわけでもないだろう。みんなはどうだ？

【リノ】まぁ、許せないけど、同情できるところもあるしね。いいんじゃないかな。

【マリコ】そうだね。もう悪いこと考えちゃダメだよ。

【チェル】どこかで落ち着いたら、改心してくださいね。

【GM】あ、ありがとう！　あんたらは神だ、天使だ！　一生、感謝するぜ‼

【トシ】うるさいっ！　俺たちの気が変わらないうちに、さっさとどこかに行けっ！

【GM】ひっ！　トシの怒声に気圧《けお》されて悲鳴を上げるや、ベリオは地下室から逃げていった。

【シン】オレたちも戻ろうぜ。ところでここの金貨とか貴重品って、持ち出せる程度なのか？

【GM】あぁ、六人もいれば問題ない。しかし金貨はともかく貴重品のいくつかはサイズが大きい。明らかに〝貴重品を持っている〟ってわかるな。

【トシ】ふむ、プラティコドンに難癖《なんくせ》つけられそうだな。置いて行くか？　出入り口を家具かなにかで塞ぎ、開かないようにしておけば問題ないだろ。

【リノ】でも、野盗がさっき倒したので全部とは限らないよ。

【チェル】プラティコドンさんのことは気にしなくていいですよ。お巡りさんのいる交番で待ち合わせなんですから。

【リノ】あ、そうか。衛兵の詰め所で待っているんだよね。そこにそのまま預けちゃえばいいんだ。

【シン】そうと決まったら、さっさと荷物をまとめて行こうぜ。

【GM】わかった、みんなはこの地下室にある貴重品や金貨を集め、帰途につく。ちなみに金貨だけで三百枚ほどあったぞ。
【マリコ】マスターさんも、出来心を誘っちゃダメですよ。
【G　M】ふふっ、みんな真面目だな。さて、また数時間かけて街道に戻り、そこからあらためて衛兵の詰め所、そして港町を目指すことになるのだが……。
【リ　ノ】だが？
【G　M】街道近くに戻ると、そこにまだ馬車が止まっているのがわかる。
【ト　シ】なんだ、衛兵の詰め所に行かなかったのか。
【G　M】ただし止まっているのはプラティコドンが乗る馬車だけで、荷馬車の姿はない。また馬車から馬の姿も消えているし、積んであった荷物もない。
【シ　ン】おいおい！　オレたちが留守の間に襲われちまったのかよ!!
【ト　シ】くそっ、いわんこっちゃない！
【チェル】わふっ！　急いで馬車の元に行きましょう！
【G　M】チェルたちが走り寄ると、馬車の前にプラティコドンが倒れている。まだ生きてはいるが虫の息だ。このまま放っておけば数時間後には死んでしまうだろう。
【チェル】治癒の魔術を使います！

【ＧＭ】了解。治癒の魔術のおかげで、プラティコドンはなんとか一命を取りとめる。しかし体力の消耗が激しく、しばらくは身動きは取れなさそうだ。

【チェル】わふぅ〜、でも命が助かっただけなによりです。

【リノ】そういえば丁稚たちは？

【ＧＭ】ぱっと周囲を見ただけでは、どこにもいないな。

【マリコ】どこかに隠れているのかな？　ちょっと馬車の回りの様子を見てみるけど……。

【トシ】待て、ひとりで行くな。俺も同行しよう。

【シン】オレも行くぜ。

【スズ】あたしも。

【ＧＭ】了解。マリコ、トシ、シン、スズは馬車の回りを見て回る。三人いた丁稚たちの姿は

どこにも見えない。みんな『知覚力』で判定してくれ。

【スズ】4。

【トシ】失敗だ。

【シン】2。

【マリコ】うそぉ、また6のゾロ目で大失敗だよ！　また転んだの？

【GM】あぁ。そんなところだ。

【シン】ははは、狙ってやってねぇか？

【マリコ】そんなのできるわけないよー！

【GM】成功したスズとシンは、出ていったときと状況が変わっていないのがわかる。

【シン】状況が変わっていない？

【スズ】どういうことだ？

【GM】あの野盗に襲われた後から、なにも変わっていないんだ。つまり何者かに襲われたにしては、あまりにも何事もなさ過ぎる。

【スズ】そうみんなに言うぞ。

【トシ】ふむ……。

【マリコ】どういうことだろうね。

【トシ】まぁプラティコドンの意識が戻ればわかることだ。それより問題は、これからどうするかだ。ひとまずリノたちの所に戻ろう。

【マリコ】うん。

【GM】じゃあみんな馬車の前で合流だ。

【シン】ジジィの意識はまだ戻らねえのかよ？

【GM】すぐに戻りそうな感じじゃないな。まだ当分は眠り続けていそうだ。

【トシ】さて、これから俺たちはどうする？

【リノ】もう護衛どころじゃないしね。積み荷がなければ港町に行く必要もないし、ギルドのある街に帰るのがいいと思うな。

【トシ】妥当な意見だ。

【チェル】私もその方がいいと思います。

【スズ】（コクコク）

【マリコ】そうだねー。

【シン】ちぇっ、任務は失敗かよ。

【GM】では最初の街に戻るってことでいいのか？

【リノ】うん。プラティコドンさんは担架を作って、交替で運ぼう。

【シン】そうするか。

【GM】オーケー。ではみんなはかわるがわるでプラティコドンを運び、無事、三日目に街へと到着した。

【トシ】その間にプラティコドンの意識は回復したか？

【GM】いや、寝たままだ。しかし街に着き、専門の医者にかかるとほどなくして意識を回復した。さて、ここからは後日談だ。みんなは任務を失敗したとみなされ、しばらくは謹慎《きんしん》を言い渡される。

【リノ】それはしょうがないね。

【シン】納得はいってねえけどな。

【GM】だがギルドの面々がプラティコドンから詳しく事情を聞くと、そうではないことが判明した。プラティコドンを襲い、荷物を奪ったのは……。

【トシ】三人の丁稚か？

【GM】そのとおり。

【シン】かなーり恨まれてたんだな、このジジィは。

【GM】みんなからの話や、提出した念書なども考慮され、特別に今回の依頼はなかったことにされた。つまりみんなは骨折り損にはなったものの、任務の失敗はまぬがれたことになる。

【チェル】それはなによりですね。

【シン】なにより……なのか？

【トシ】まぁ納得するしかないだろう。しかしプラティコドンもキツイお灸《きゅう》を据《す》えられたものだ。

【スズ】壷は返す。拾ったお金や貴重品も渡すぞ。

【GM】そうだったな。壷はプラティコドンの手に戻ったが、その後、彼からはなんの音沙汰もない。それから数日後にプラティコドンは店を畳み、この街から出ていったという話を耳にする。

【マリコ】あらら。

【GM】それとギルドに渡した金貨と貴重品だが、後日、拾った者の権利として、その十分の一がみんなの元に支払われた。貴重品の価値などを加味し、ひとり六十金貨ずつの臨時収入だ。

【シン】おっ、本来もらえる報酬よりも多いじゃねぇか、ラッキー。

【スズ】それはちゃんとしたお金か？

【GM】あぁ、正式に受け取る権利のある、きれいな金だ。

【スズ】じゃあもらう。

【GM】さて、皆にはギルドの方から、先日は厄介な依頼を持ち込んですまなかった。今度はもうちょっとまともな依頼を斡旋する、との連絡が入った。だがそれはまた今度の話だ。これにて今日のゲームはお終い。お疲れさん。

【一同】お疲れさまでした！


「と、まぁこういう遊びだ。テーブルロールプレイングゲームってのは」

恭介がテーブルの上に散らばったサイコロやキャラクターシートを集めながら、そう話しかける。

「まぁ、予想よりは面白かったぜ」

「そうだな」

「それはなによりだ。俺もマスターをしたかいがある」

「私も初めてプレイしましたが、ドキドキしましたぁ」

みんな冷めたお茶を啜《すす》りながら、思い思いの感想を述べる。

「けど、意外に疲れるものなんだね」

軽くため息をつく理樹。

「ははっ、まぁ脳味噌をフル回転させていたわけだからな。まぁ初ゲームの感想は食堂で聞こう。早く行かないと夕飯を食いそびれちまうぞ」

「えっ？」

恭介の言葉に時計を見れば、もう七時を過ぎている。窓の外はとっくに日が暮れており、真っ暗だ。理樹はカーテンを閉めるべく立ち上がった。

「意外に時間が経っていたんだね」

「そう、時間がかかるのが、このゲームの難点なんだよな。さて」

荷物をまとめ終わった恭介もまた、勢いをつけて立ち上がる。

「俺は自室に手荷物を置いてから行くから、今度は食堂で集合な」

さっさと部屋を出ていく恭介。

それを合図に、みんな次々に支度を整えて立ち上がった。

「私も一度部屋に戻って、西園さんのご帰宅を確認してから参ります」

「あたしも一度、部屋に戻る」

「そうだね、私もそうするよ。またね、みんな」

次々と部屋を出て行く一同。

最後に真人と謙吾が、理樹の準備が整うのを待っていた。

「後片づけなんて後にして、先に飯に行こうぜ」

「うん、そうだね」

さて、どのように感想を述べようか？　みんなはどんな感想を抱いたのだろうか？

そんなことをおぼろげに考えながら、理樹は部屋を後にするのだった。

おしまい

女王陛下の朱鷺戸沙耶

「いや、このタイトルおかしいよね？　あの組織関係ないし、そもそも国が違うし」

「なにか言った、理樹くん？」沙耶が不思議そうに首をかしげる。

「あ、ううん。別になんでもないよ」理樹は笑ってごまかした。

　ここは沙耶の部屋。宅配便で届いた大きな荷物を、ふたりで運びこんだところだ。本来女子寮は男子禁制だが、いつもどおり理樹は顔パスだった。

「ずいぶん重かったけど、なにが入ってるのさ？」

「これ？　秘密兵器よ」

「へっ⁉」

　驚いて目を丸くする理樹に、沙耶はなんでもないと言いたげに説明した。

「組織の開発部門から、ときどき新兵器の一覧が送られてくるの。欲しいものに印《しるし》つけて送り返すと、こんなふうに送られてくるってわけ」

「……なんだか通信販売みたいだね」

宅配便で届くってのもそれっぽいし、と理樹は思ったが、口には出さなかった。

「ずっと前に注文したから、なに頼んだか忘れちゃったわ。まあ、開けてみればわかることよね」

さっそく箱を開ける沙耶。彼女が最初に取りだしたのは、丸められたロープだった。

「強化ロープね。これさえあれば、服を結んでロープがわりに使ったりして、毎回素っ裸になったりしなくて済むわ」

理樹は渡されたロープを手にとって、しげしげと眺めた。

「百均で売ってるよね、こういうの。洗濯もの干すときに使うやつ」

「バカね。そんなふうに偽装されてるのよ」

沙耶は次の商品――もとい、次の秘密兵器を取りだした。付属の説明書を開いて読む。

「えーっと……これは非殺傷兵器の一種みたいね。蛇口につないでこのレバーを握ると、ジェット水流が相手にダメージを与えるのよ」

「そういうの、夜中にやってる通販の番組で見たことあるよ」

「威力が違うのよ。……たぶん」

ちょっと自信なさそうな声で、沙耶はつけ加えた。

「次は……強力サーチライト。横のハンドルを回すことでバッテリーに充電されて、電源がなくっても暗闇を照らすことができるわ」

「それも通販にあったような……。災害のときに役立ちそうだよね」

「あんなのと一緒にしないの！　これはモノが違うんだから」

多少ひきつった顔で、沙耶は手にしたライトをあちこちいじくり回す。と、やがて勝ち誇ったような笑顔を見せて、

「ほら理樹くん、見なさいよ！　ここ、ほら、なんとラジオだって聴けちゃうのよ！」

「……ますます災害時に役立ちそうだね」

「……」

ライトをかたわらに放り出して、沙耶は次のアイテムを探り当てた。

「えっと……マジックハンド、かな？」

理樹がそっと尋ねる。

「……」

沙耶は無言でマジックハンドを見つめた。と、それをおもむろに腹のあたりに押し当ててから、さも秘密のポケットから取りだしたかのように高々と掲げた。

「てけててってて～♪　マジックハンドー」

「いや、物まねしてもひみつ道具には見えないよ」

「お、おかしいわね。新開発の特殊装備のはずなんだけど」

沙耶は本気で焦りだした。最後に出てきた棒状のものを、慌ただしく組み立てる。

「……高枝切りばさみ……」

「沙耶、だいじょうぶ？　なんだか顔色が悪いよ」

「へ、平気よ。なんでもないわ」沙耶は手の甲で額の汗を拭った。

「あ、後で本部に確認してみるわね。見た目は通販の商品みたいだけど、実はとんでもない性能を秘めているのかもしれないわ。市販のものより数倍も高性能、とかね」

（――高性能な高枝切りばさみも、やっぱり枝しか切れないいんじゃないかなぁ？）

理樹は疑問に思ったが、それを口に出すのはやめにした。

「理樹くんいいところに！　ちょーっと手伝ってくれないカナ？」

廊下に出ると、立ち往生している葉留佳に出くわした。理樹と沙耶は葉留佳に手を貸して、大きな荷物を部屋まで運んだ。

「いやははは ー、おかげで助かりましたヨ。ありがとね、ふたりとも」

「それはいいけど、ずいぶん重いね。なにが入ってるのさ？」

さっきと同じような質問を、理樹が口にする。葉留佳は嬉しそうににっこり笑った。

「通販で注文してたのが、やっと届いたのデスヨ。ポイントたくさん溜まってたから、前から欲しかったヤツ、ついでにいろいろ頼んじゃったんだよねー」

大はしゃぎで箱を開くと、葉留佳は中の商品を次々に取りだして見せた。

「まずはこれ、手回し充電器つきの懐中電灯。倉庫とかに忍びこんだときに重宝するわけデスヨ。ラジオもついてるから暇つぶしも完璧！　それにマジックハンド、使い道考えただけでワクワクしちゃうよねーっ。あとは水まき用のホースと、緊急脱出用のロープ。それに見てこれ！　ず〜っと前から欲しくてたまらなかったんだー、高枝切りばさみ！」

「は、ははは……」

——裏庭のゴミ置き場。沙耶はうつろに笑いながら、元どおりに梱包《こんぽう》された荷物をつま先でつついた。

「そ、そうよね。うちの組織みたいな低予算じゃ新兵器なんて無理に決まってるわよね。ははっ……」

（沙耶の組織って、どんなところなんだろう？）

理樹は疑問に思った。が、今その疑問をぶつけるのはとても残酷なように思え、ただ見守ることしかできなかった……。

おしまい

創刊！　リトバス新書
その７

リトバス出版

——中堅出版社・リトバス出版事務所。

「ちょっと、これどういうことさ⁉」

乱暴にドアを開け、理樹がリトバス出版の社内へと上がり込んできた。

「はい……？　なにかありましたか？」

出迎えたのは、相も変わらず平静な顔をした美魚である。

「どうもこうもないよ！　僕が書いた『ツッコミ力』だけど——！」

眼の前に新書を突きつけられ、しかし美魚はぬけぬけと返した。

「あ、ちょっとお待ちください。今、会議室に宮沢《みやざわ》先生をお待たせしているので……」

——謙吾を？　一体、謙吾はどんな本を……？

思う間にも、美魚は理樹を残して会議室へと引っ込んでしまった。

「うむ……剣道初心者へ向けた本を書くというのはやぶさかではないが――」

会議室では、宮沢謙吾が慣れない手つきでノートＰＣのキーボードを叩いていた。

「しかし正直なところ、俺は文章を書くのが大の苦手でな……」

有名な剣道家である謙吾だが、本の執筆は経験がなかった。

が、美魚はその顔に微かな笑みを浮かべ、

「心配なさることはありません。『新書はタイトルが九割』ですから……字さえ埋まっていれば、後はわたしがなんとかカタチにします――」

「そうは言っても俺は理樹たちと違って、あくまで素人だからな……」

「ふふふ」

美魚は今度は、声を立てて笑う。

「直枝さんたちだって同じですよ。字さえ埋まっていれば、後はわたしが――」

「ちょっと!!」

ばん、とドアを開けて理樹が入ってきた。

「いい加減にしてよ！　こんなタイトルと写真じゃ僕……!!」

「ふふ。とてもステキな装丁《そうてい》だと思ったのですが……」

理樹が美魚へと突きつける、彼の著作。

それを見た謙吾は、カクンとその顎《あご》を落っことした。

「理樹……お前は一体、なにを……？」

「違うって！　これ、全部西園さんがっっ!!」

真っ赤になった顔をぶんぶんと横に振る理樹を見つめて、しかし美魚は妖しい笑みを浮かべ続けた――。

おしまい

今月の新刊

『女装の品格』

ボクだってオンナノコになりたい

リトバス出版

直枝 理樹

イイオンナ。私は美しい。

お友だちにも教えてあげて、
お友だちもキレイにしてあげましょう。

直枝理樹

作家、女装家。自身の闘病生活を綴った『奇跡の体験がナルコレプシーを癒す！』で衝撃的デビュー。本作は満を持して女装家としての新境地を開拓する意欲作となる。

人魚伝説

「諸君《しょくん》、釣りの季節だ」

とある日曜の朝。恭介が自信たっぷりの笑みで数本の竿《さお》を差し出した。

「恭介、おまえバカじゃねーか？」

その場の全員が思っていたことを、真人が代表して発言した。

「なにがだ？　季節はまさに初夏、釣りには最適のシーズンだろう？」

「季節の話じゃねーよ。いまオレたちがいる場所のこったよ！」

「この場所がどうかしたか？」

真人は自分の足もと、斜め下の方向を指さして、

「プールで魚が釣れるわけねーだろ！」

彼らが集合しているのは、プールサイド。冬の間に放置され、コケが生えてどんより濁ってはいるがだからといって、プールに魚が自然発生するはずが

ない。

「ところが、それが釣れるのさ」

的を射た真人の発言にも、恭介は自信満々の態度を崩さなかった。

「去年の秋、裏の川が護岸《ごがん》工事してただろう。その時、俺は工事の巻《ま》き添《ぞ》えになりかけてた魚の卵を保護して、プールに避難させたんだ。で、そいつらが孵化《うか》したらしくってな。余ったパンくずとか投げてやって、ひそかに育ててたのさ」

「学校の施設で魚を飼うなんて、明らかに風紀に反するわ」

佳奈多の抗議は、恭介の「まあ、そう堅いこと言うなよ」の一言で片づけられた。

「来週はプール開きだろ。掃除の前に水を抜いたら、魚は下水に流されちまう。そうなる前に、俺たちの手で魚を釣ってやろうじゃないか」

「事情はわかったけど……なんで、あたしたちが呼び出されてるの？」

沙耶が首をかしげた。その隣では、佐々美が不機嫌そうに腰に手を当てている。

「わたくしもヒマじゃありませんのよ。のんびり魚釣りなんて、していられませんわ」

この場に集結しているのは、恭介や理樹たち男子メンバーと、佳奈多、沙耶、佐々美。リトルバスターズの女子メンバーは、なぜか不在だった。

「鈴たちはどうした？」謙吾の問いに、理樹が心配そうな顔で答える。

「いや、それがさ……連絡したんだけど、みんな携帯つながらないんだよね。メールも返事来ないし。みんな、どこ行ったんだろう？」

——実は、女子メンバーは彼らのすぐ足もとにいたりする。

「うーん……これはいったい、どうしたことだ」

鈴は呆然とつぶやいた。自分で自分の姿は見えないが、友人たちの姿は嫌でも目に入る。

「うむ、鈴君と葉留佳君は鮎《あゆ》か。精悍《せいかん》でかわいらしいじゃないか」

「いやいや、姉御の錦鯉《にしきごい》にはかないませんぜ。さすがの貫禄《かんろく》ですナー」

「クーちゃんも美魚ちゃんも、いいなぁ～。私ももっとかわいいのがいいよぉ」

「ありがとうございます。神北さんも、立派なおヒ

ゲがよくお似合いですよ」

「うわあああんっ！　私ドジョウなんていやだぁ～～！」

泣いても嘆いても事実は変わらなかった。自分たちが魚になっている、という事実は。

「らんらんらら～♪　おサカナになったわたし、なのです～♪」

クドは祖父から教わったという、恐ろしく古い歌を歌ったりしている（よくわからない人はお父さんかお母さんに聞いてね）。この異常な状況にもかかわらず、女性陣はあまり深く悩んではいないようだった。

「こまった。これじゃ、猫とあそべないじゃないか」

そう嘆きつつ、鈴はプールの中をすいすいと泳ぎまわった。

「……でも、これはこれで気持ちいいな」


「竿は三本しかないから、こいつは女子だな。男子はそれぞれ工夫して釣ってくれ」

男性陣の抗議は軽く聞き流して、恭介はバットの先に糸を結びつけた。

「へぇ～、餌ってイクラなんだ。贅沢ねー。ざざ虫とかでいいじゃない」

妙な不平を漏らしつつも、沙耶は素直に糸を垂れる。佐々美が対抗心を燃やして竿を握ると、佳奈多もふっとため息をついて、自分の竿を手に取った。

「……なかなか釣れないね」

理樹がぼそりとつぶやいた。竿状のものが見当たらなかったので、糸を直接手に持っている。

「釣りってのはそういうもんさ。気長にいこうぜ」

「うおおおおおおっ！」

のんびりとバットを握る恭介の隣で、真人は上半身を水面に乗り出し、手づかみで魚を捕らえようと奮闘《ふんとう》していた。

「やめんか。魚が逃げるだろう」

「おめーだって、似たようなことやってんじゃねーかよ」

謙吾は竹刀を手にプールサイドに立っている。魚影《ぎょえい》を目にするたびに「てぇいっ！」と気合を発し、竹刀で水面をなぎ払う。魚を叩いて気絶させようという作戦だ。だが真人と同じく、謙吾もまだ一匹の捕獲も成功していない。

「くるがや。上にバカ兄貴たちがいる」

プールをぐるっと一周した鈴が、戻って報告した。

「うむ、私も気づいた。どうやら少年たちは、我々を釣り上げようとしているらしいな」

「釣ってから、その後どうするんでしょうネ。私たち食べられちゃうんじゃ……？」

不安がる葉留佳に、来ヶ谷は（魚にしては器用に）頷いた。

「わからんが、用心に超したことはなかろう。得体の知れない食べ物にはくれぐれも手を出さぬよう——ああっ、小毬君、言ってるそばから⁉」


「やった！　釣れましたわ、宮沢様っ！」

佐々美は糸の先のドジョウを誇《ほこ》らしげに掲《かか》げた。

「第一号は笹瀬川か。やるな」

謙吾の称賛《しょうさん》に、佐々美がぽっと頬を赤らめる。

「ポイントはそう変わらないのに……。なにかコツでもあるの？」

悔しそうに尋ねた沙耶に、佐々美は胸を張って答えた。

「餌を変えてみましたの」

「ぽりぽり……うん、すっごくおいし～♪」

狭いバケツに移された小毬だが、口の中に広がるチョコクッキーの味にご機嫌だ。


「くんくん……いいにおいがする」

「わふーっ。なんだかおいしそうなのですーっ」

小毬に続いて、鈴とクドが一直線に水面へと向かっていった。

「やっぱり、餌変えてみて正解ね。あっという間に食いついたわ」

沙耶は自分の釣り上げた鮎をしげしげと眺めた。

「それにしても……キャットフードで釣れるなんて驚きね」

「ねえ、これってエンジェルフィッシュじゃない？」

バケツの中で優雅《ゆうが》に泳ぐ魚を見て、佳奈多が不思議そうにつぶやいた。

「棗先輩。どうしてプールに熱帯魚が？」

「さあな。俺が保護した時は卵の状態だったからな」

「そう。……それにしても、熱帯魚って意外と雑食なのね」

「モンペチとペディブリーか……。うーむ、少年たちの策略もあなどれんな」

すでに三人が釣り上げられた水面を、来ヶ谷が恨めしそうに見あげる。

「甘味類とペットフード。少年たちは、我々の好物をピンポイントで狙ってきている。私ももずく等で釣られぬよう、心を引き締めておかねば」

「ひぃ～っ、怖いですヨ恐ろしいですヨ。釣り針で引っかけられるなんて、考えただけで唇がズキズキしますよ～っ」

葉留佳は恐怖に逃げまどっていたが、やがて水底に絶好の隠れ場所を見つけた。

「ふーっ、ひとまずここにひそむとしますカ。……って、あ、あれっ⁉」

「ふっ、どうやら今日の俺は最高についてるようだな」

恭介が自慢げに笑う。釣り上げた長靴の中に、鮎が一匹入っていたのだ。

「なんだそりゃ。長靴釣るだけでも漫画並の展開なのに、そのうえ鮎かよ」

真人の言葉に同意するように、佳奈多が呆れ顔で頷いた。

「そのとおりね。こんな餌で釣れてしまうなんて、漫画そのものだわ」

佳奈多の竿の先には、美しいイワナが一匹。

バケツに入れられた美魚は、深い自己嫌悪に陥っていた。

「――一生の不覚です。ツナ×ヒバ本に釣られてしまうなんて……。ボスは完全に受けキャラだというのに……」

「……残ったのは私だけか……」

プールの中を悠然《ゆうぜん》と泳ぎながら、来ヶ谷は悲しげにつぶやいた。

「ひとりで生き残るのもどうかと思うが、あの連中に釣られるのも腑《ふ》に落ちん。ここは逃げられるだけ逃げてみるとしよう……うん？」

「うぅ～っ、みおちん、悪いケドもーちょっと端っこ寄ってくんないカナ？」

と、水面から悲痛な声が聞こえてきた。

「申しわけありません。バケツは狭いものですから、どうしても体が触れてしまいます」

「きゃぁっ！　りんちゃん、私の尾ヒレ踏まないで～っ」

「ご、ごめん、こまりちゃん……」

「わふ～っ！　らっしゅあぅわーなのです～っ」

「ねえ、もうこのバケツ持ってっていい？」

理樹は釣りを諦めたようだ。魚の入ったバケツに手をかけて、恭介に尋ねる。

「そうだな。そろそろプールの魚も全部釣れただろう」

「いや、もう一匹いる」と、謙吾が口を挟んで理樹を止める。

「でっけーのがいんだよ。さっきからオレの目の前で、バカにするみてーに泳いでやがってよ。ありゃーきっと主《ぬし》だぜ。見てろ、この手でぜってー捕まえてやっからな」

その言葉に真人も同調したが、理樹は首を横に振る。

「でもほら、もうバケツいっぱいだからね。早くあけてあげないと、魚も苦しそうだし。……って、えええ～～っ⁉」

――ざっぱ～んっ‼

「な、なんだぁ⁉」

真人が驚きの声をあげる。

水面から大きな錦鯉がぴょんと飛び出して、理樹が運んでいるバケツの中に飛びこんだのだ。

「お、おいっ、こいつ自分からバケツに入りやがったぜ⁉」

「すげーな理樹、さすが理樹だぜ。やっぱたいしたもんだな、理樹は」

恭介がほめ称《たた》えるが、当の理樹は複雑な表情だった。

「い、いや、別に僕はなにもしてないんだけど……ええ〜っ」

「あっ、姉御ーっ！　なんでこんな狭いとこに無理やり……あ痛っ」

「いやなに、少女たちの温もりが恋しくなったのさ」

「あぁぁぅ〜〜〜っ、ゆいちゃん、重いよぉ〜……ぎゅぅ」

「なんだ、小毬君は私の体重についてなにか言いたいのかな？」

錦鯉の追加でパニック状態となったバケツの中、ひとり隅の空間を確保していた美魚が、不安そうにつぶやいた。

「ところで……わたしたちはこれからどうなるんでしょう？」

葉留佳が悲鳴をあげる。

「ひーん！　食べられちゃうのはかんべんデスヨ～！」

＊　＊　＊

ざっぱーっ。

理樹がバケツの中身を川にあけると、解放された魚たちは気持ちよさそうに泳ぎだした。

「……なんとなく、いいことした気分ね」と、沙耶が満足げに頷いた。

「もったいねーなー。鮎とかうめえんだろ？　焼いて食えばよかったのによー」

真人は不服そうだったが、恭介は上機嫌で首を横に振った。

「まあ、そう言うな。あの魚たちを見てみろ。嬉しそうじゃねーか」

「……ところで、鈴たちはどうしたのかなあ？」理樹は不安げに首をかしげた。

「よかったねぇ～、食べられなくって」「うむ、一時はどうなることかと思ったが」

ばちゃばちゃ音を立てながら、女性陣は涼《すず》やかな清流を堪能している。

「この川、思っていたよりも澄んでいるのですね」

「あんがい快適だな。ここでくらすのも、たのしそうだ」

「……え、ちょ、ちょっと待って⁉」と、ひとり葉留佳だけがパニックに陥っていた。

「私たち、このままなの？　ずっと魚のまま？　もとに戻れないのっ⁉」

「まあ、そう慌てずともよい。滅多にできない経験だ、しばらくは楽しもうじゃないか」

「ばばんばばばんばん、はぁ～いい湯だなぁ♪、なのです～」

「えええ～っ⁉　そ、そんなのアリですかーっ？　オチは？　オチはないのー⁉」

初夏の優しい日差しの中で、葉留佳の悲壮な叫びが響いた。

おしまい

混浴の名のもとに

「たまには温泉でも行って、筋肉休ませてーよな～」

そんな真人の一言で、休憩中のグラウンドは大いに盛りあがった。

「ほっとすぷりんぐ！　温泉はふぉーりんぐっどなのです～！」

「いいですナー温泉。露天風呂《ろてんぶろ》にのんびり浸かってると、猿とかがちゃっかり入ってるわけデスヨ。でもって理樹くんが猿の着ぐるみ着て交ざってたりしてネ。うっわー、理樹くんエロい！　エロいなー理樹くんっ」

「浴衣《ゆかた》姿の少女たち、湯上がりの上気した肌……ああ、たまらん」

「りんちゃん、背中流してあげるね～っ」

「盛りあがっているところ、大変申し上げにくいのですが」

と、ひとり冷静な美魚が水を差す。

「当分は長期のお休みもありませんし、外泊には許可が必要です。日帰りならば可能でしょうが、非常に慌ただしい日程になってしまいます」

「西園、そう悲観的になるなよ。温泉に行くのが無理なら、温泉を呼び寄せればいい」

「恭介、ぜんぜん意味わかんないよ」

理樹の素朴《そぼく》な疑問に、恭介は瞳をキラキラさせながら説明した。

「ここに穴を掘るのさ。運が良ければ源泉にぶち当たって、部室で温泉に浸かれるだろう。真人、頼んだぜ」

「なにっ？　オレひとりで穴掘れってか⁉」

真人が表情をこわばらせる。

「お前のその立派な筋肉なら、二時間もあれば源泉を掘り当てられるだろう」

「おうっ、任しときなっ！」

というわけで、真人はスコップを手にグラウンドの片隅を掘りはじめた。

もちろん、二時間程度で水脈に到達するはずがない。

だが真人は日が暮れた後も、そして翌日の授業が始まっても、ひたすら穴を掘り続けた。

（温泉だぜ、温泉。うまくすりゃー混浴とかって話になったりしてな。来ヶ谷のあのスイカみてーな胸を、ナマで拝めるチャンスだぜ！　小毬もああ見えて案外胸あんだよな。鈴も最近なにげに目立つようになってきたしよー。クー公は……まあいいや）

抑圧されたスケベ根性が、真人の原動力となっていた。

――そして三日後。

ついに真人は温泉を掘り当てたのだった。自分で掘った穴で溺れかけていた真人を、駆けつけた恭介と理樹が救い出した。

「熱っ!?　この水熱いよ、真人！　すごいよ、本当に温泉掘るなんて！」

「り、理樹……オレはもうダメだ。後は頼んだぜ……がくっ」

三日三晩、不眠不休でスコップを握っていた真人は、ついに力尽きて倒れた。

「よくやったぞ、真人。ほめてやる」

鈴は気絶した真人の頭を撫でてやった。

「恭介。後は頼む、って、どういう意味かな？」

「そりゃ、部室まで溝を掘って湯を溜められるようにする、とかだろ」

その日の夕方には準備が整い、練習で汗をかいた女性陣が、さっそく温泉を堪能《たんのう》した。少々温度が高めのお湯だが、疲れた体を癒《いや》すには最適だった。

「わふ～っ！　びばびばのーのー♪、なのです～っ」

「葉留佳君、また一回り成長したようだな」

「いやいやナンノ、姉御のボンボーン！　にはかないませんデスヨ。ね、みおちん？」

「……三枝さん、それはわたしに対する当てつけですか？」

「あれぇ？　りんちゃん、どーしたの？」

「……猫が入ってくれない」

見ると、鈴の腕のなかで猫がもがいている。

「うーん……よくわかんないけど、猫ってお風呂入らないんじゃないかなぁ？」

「そうなのか？　こんなに気持ちいいのに」

鈴はしぶしぶ猫を放してやった。誰かが扉を開くと、猫は嬉しそうに外へ出て行く。

「こっ、これは一体何事ですの⁉」

猫と入れ違いに現れた佐々美が、部室の変容ぶりに目を丸くした。

「見ればわかるだろ。温泉だ」

「そ、そのくらい言われなくてもわかりますわっ」

「さーちゃんも、一緒に入りなよ～」

　そう小毬に誘われて、佐々美はためらいながらも合流することにした。

「あら。即席の温泉にしては、わりと快適ですわね」

「どうだ。まいったか」

「……棗さん。なぜあなたが自慢なさいますの？」

「ほう。佐々美君は着やせするタイプなのだな」

「くっ、来ヶ谷さん⁉　それはセクハラ発言ですわっ！」

　などと騒いでいると、何者かが荒々しく扉を叩く。

「な……なんてことをしているの、あなたたちは⁉」

　扉の向こうに現れた佳奈多は、怒りに拳を震わせている。

「学校の施設を勝手に改造して、こんなものを作るなんて……し、しかも全員裸だなんて！」

「あたりまえだ。風呂は裸じゃないと入れないぞ」

　鈴のツッコミを無視して、佳奈多は全員に命じる。

「……全員、いますぐ服を着て外に出なさい。そしてグラウンドの穴を埋めること。いいわね」

――その時、来ヶ谷の瞳がきらりと光った。

「葉留佳君、クドリャフカ君。やってしまえ」

「あいあいさーっ！」

「れっつ・えんじょい・ばすたいみんぐ！　なのですーっ！」

ふたりは佳奈多に襲いかかり、あっという間に服をはぎ取ってしまった。

ざっぱーん！

「……ぷはっ！　い、いきなりなにをするのよ⁉　こ、こらっ、葉留佳！　抱きつかないで！　離れなさいってば！」

「やははーっ、これでお姉ちゃんも共犯デスな」

なし崩し的に佳奈多が加わり、部室温泉はにぎやかさを増すばかりだった。

＊　＊　＊

――たっぷり一時間後。

「ぁぁぁぁぅ～～、気持ちわるいよぉ～」

「こまりちゃん、しっかりしろっ！」

鈴に支えられた小毬を先頭に、女性陣はぞろぞろと部室を出た。

「み、宮沢様⁉　いつからそこにいらっしゃいましたの⁉」

「三十分ほど前に呼び出されて、それからずっといたが……どうかしたのか？」

謙吾のすぐ近くで入浴していたと知り、佐々美は茹《ゆ》でダコのように赤くなった。

「理樹君、待たせてすまない。少女たちのエキスがたっぷり抽出された温水を、心ゆくまで味わってくれたまえ」

「いや、そーいうこと言われちゃうと入りにくくなるんだけど……」

いまだ意識のない真人を除いて、男性陣が部室に入った。

＊　＊　＊

理樹たちが部室を出ると、なにやら難しい顔をした沙耶が腕組みをして待っていた。

「あれ、沙耶？　どうかしたの？」

「困ったことをしてくれたわね、理樹くん」

沙耶は理樹を木の下へ呼び寄せると、ひそひそ声で話し始めた。

「ダンジョンの温泉が干上がったの」

「え？　それってもしかして、この温泉が……？」

「そう。こっちにお湯が流れこんで、向こうに回らなくなったみたい。あのお湯がないと仕掛けが作動しないから、当然先にも進めないわ。だから……」

途中で口ごもる沙耶。理樹は痛ましい目で、地面に倒れ伏した真人を見つめた。

「真人、あんなに頑張ったのに……」

「悪いけど、こっちの温泉は埋めさせてもらうわ」

断固とした口調でそう言ってから、沙耶は不意に頬を赤らめた。

「で、でもせっかくだし、その前にちょっとだけ浸かってからね」

＊　＊　＊

「なっ、なんだよこりゃ!?　温泉は？　オレの掘った温泉はどうしたってんだ!?」

翌朝になって目覚めた真人は、地面に這《は》いつくばり、血走った目で自分が掘ったはずの穴を捜し求めた。

「さ、さあ。地崩れでも起きて埋まっちゃったのかなぁ……？」

とても真実を告げる気にはなれず、理樹はただ顔を背《そむ》けるだけだった。

おしまい

水平線をめざせ
（ポセイドン・アドベンチャー編）

「よし、これで全員無事に集合できたわけだな。みんなご苦労だった」

恭介は満足げな笑顔を見せた。腰まで水に浸かっているにしては、堂々としたリーダーっぷりだった。

――ここは北校舎の一階。見慣れたはずの教室だが、いまは状況が一変している。

浸水は一メートルほどで止まった。

全ての窓や出入り口はふさいであるので、水は流れ出さずに校舎の中に溜まったまま。

生徒たちの机はほぼ水没し、上面だけが島のように浮いて見える。

濡れずに済むのは教卓の上のみで、そこでは泳いで疲れ切った真人が爆睡していた。

いびきとシンクロして上下する腹の上に、鈴によって救助された猫たちが身を寄せ合っている。

恭介たちが理樹と鈴（ついでに佐々美）救出に向

かっている間に、謙吾と女性陣は必要な荷物をまとめて、寮から北校舎へ移動していた。ここには食堂があり、水や食料の確保が容易なのだ。

かくして、避難生活の環境は整った。が……することがない。

「このまま救助を待っていてもいいが、それではつまらんだろう。校舎が水浸しなんて事態、滅多にあるもんじゃない。せっかくだ、なんかして遊ぼうぜ」

「ちょ、ちょっと恭介！　いくらなんでも無茶だよ、この状況で……」

理樹がごく当然の意見を述べたが、恭介はただにやりと笑うだけだった。

「この状況だからこそ、思いきって遊ぶのさ。そのほうが燃えるだろ？」

「なんかって、なんだ？」と、最も遊びに近い格好の鈴が尋ねる。

必需品の選別にあたって、小毬が真っ先に手にしたのが浮き輪だった。鈴と小毬は浮き輪をふくらませて、穴の部分にお尻を置いて、仰向けでぷかぷか浮いている。

「それはこれから考えるさ。水で遊ぶっていえば、そうだな——」

「すいみんぐ、ですか？」

そう提案するクドは、すでに犬かきでばしゃばしゃと泳いでいた。背の低いクドは、水中を歩いて移動するよりも、犬かきのほうが楽なのだ。

「この濁った水で泳ぐのは危険です。結膜炎になりかねませんよ」

美魚はなるべく水に濡れないよう、机の上で正座している。とはいえ、ここまで来るのに水の中を歩いてきているので、すでに全身ずぶ濡れだ。

「わふーっ。けつまくえん……ですか？」

「はい。能美さんも、顔を水につけないよう、くれぐれも注意してください」

美魚の忠告に、クドはにっこり笑って応える。

「わかりました。お心づかい、べりべりさんきゅーです！」

遊びとなると黙っていられない葉留佳は、腕を組んで真剣に悩んでいる。

「水泳以外で遊ぶっていうと、水球とかデスカね？　それか、せっかく浮き輪が二個あるから、漕いで競争するとか……」

「ほわあっ⁉」

突然、小毬が声をあげ葉留佳の言葉をさえぎった。

「た、大変っ！　外にだれかいるよぉ～っ⁉」

見ると窓の外に、ひとりの生徒が濁流に流されかけている。窓枠にしがみついてなにか叫んでいるが、水の音がうるさくてよく聞えない。

葉留佳の顔から血の気が引いた。「お、お姉ちゃんっ⁉」

いちばん近い場所にいた謙吾と来ヶ谷が、窓を開けて佳奈多を引き入れた。葉留佳がざばざばと駆け寄って、佳奈多の肩を抱く。

「避難したはずじゃなかったの？　まさか、避難場所から歩いて……？　なんでそんなバカなことするのさ、お姉ちゃん⁉」

「はあ、はあ……ば、バカはあなたたちでしょう⁉」

佳奈多は息を切らしながらも、葉留佳の手を思いっきり払いのける。

「避難場所に着いたとき、人数が足りない気がしたのよ。点呼をとったら案の定、あなたたちすちゃらかチームだけがいないんだもの」

「二木さん⁉　わたくしをこの方たちと一緒にしないでくださいますこと⁉」

「すちゃらか――そう。はたから見れば、あたしもすちゃらかチームの一員なのね」

二木の言葉に佐々美が抗議し、沙耶はひそかに落ちこんでいる。

「人が心配して来てみれば、のんきに浮き輪で遊んでるなんて……」

「心配？　おねえちゃん、心配してわざわざここまで来てくれたの？」

うるうると涙ぐんで抱きつこうとする葉留佳を、佳奈多は頬を赤らめて振り払う。

「だ、だれがあなたの心配なんかっ！」

「いま言ったよね、心配って」と、理樹の冷静なツッコミ。

「と、とにかく！　以後は私の指示に従ってもらいます。全員、いますぐ屋上へ移動して救助を待つこと。そのふざけた浮き輪は片づけなさい」

「ふえええ～っ？」小毬がいまにも泣き出しそうな顔をする。

来ヶ谷がずいと進み出た。水をかきわけながらなので、じゃぼじゃぼ進み出た、のほうが正確だろうか。

「二木女史。それはあまりにも勝手な言い分ではないか？　避難しようがしまいが、それは我々の自由だ。こうして全員無事なのだから、ここに残っていても問題あるまい？」

「大ありです！　避難場所には全員集合しているのよ？　一部の生徒が勝手に行動していては秩序《ちつじょ》が乱れるわ。それに、ここだっていつまで無事か――」

「まあ落ち着けよ。二木、ひとつ提案がある」

恭介は机のひとつに飛び乗った。ちょうど水面ぎりぎりのところに天板《てんばん》があるので、ぱっと見では水の上に立っているように見える。

「ここにはリトルバスターズ以外、おまえたち三人しかいない。多数決でいえば俺たちが圧倒的に有利だ。だが、それじゃ不公平だろう。そこでだ――二木、俺たちと勝負しないか？　おまえが勝てば、素直に救援を待とうじゃないか」

「勝負ですって？」

「ああ。そのかわり、俺たちが勝てばこっちの指示に従ってもらうぜ。俺たちの提案する遊びに、おまえも強制参加だ。どうだ、燃えるだろ？」

佳奈多は苦渋《くじゅう》の表情でしばらく悩んでいたが、やがてこくん、と頷いた。

「いいでしょう。受けて立つわ」


「やはー、なんだかワクワクしますなーお姉ちゃん？」

「……あなたと一緒にしないで。私は本気なのよ」

一階廊下の端で、葉留佳と佳奈多は仲良くぷかぷかしている。さきほどの小毬たちと同じく、浮き輪の穴にお尻を入れて、仰向けに浮いた状態だ。

「ルールの確認をするぞ」と、廊下の中央に立った恭介が声をかける。

「合図と同時にスタートし、廊下の反対側まで進む。先にゴールした方の勝ちだ。壁や窓に触れて反動をつけて進むのは反則、その時点で失格とする。いいな？」

――すごいな、恭介。と、理樹は胸の中で感嘆《かんたん》の言葉を贈った。恭介の口にしたルールは、さっき葉留佳が提案したゲームの内容そのままだ。結局、佳奈多は強制的にリトルバスターズの遊びに参加していることになる。

「では始めるぞ。朱鷺戸、スタートの合図を頼む」

「オッケー。ふたりとも準備はいい？」

スタートラインのふたりに沙耶が確認する。ふたりは同時に頷いた。

「それじゃ行くわね。位置について、よーい――」

ずどーんっ!!

「うわああっ!?」

理樹が耳をふさいだ。見あげると、天井に穴が空いている。

「沙耶、それ実弾入ってるの!?」

「当たり前じゃない。いけない？」

沙耶は不思議そうな顔で、まだ煙をあげている拳銃を見つめた。

そんな騒ぎとは無関係に、ふたりの選手はレースを始めていた。

「えっ、お姉ちゃん!?」

葉留佳がびっくりした顔をする。

佳奈多はスタートと同時に体を反転させ、頭を進行方向に向けたのだった。この体勢ならば、バタ足の要領で効率よく水を掻くことができる。

一方、葉留佳は顔を正面に向けたまま。前方に投げ出した足はうまく使えず、両手をスクリューのように回して進むしかない。

「しまった……!」

慌てて浮き輪を半回転し、佳奈多と同じ体勢をとったものの、すでに三メートルほどの差をつけられてしまっていた。しかも、佳奈多の立てる波が葉

留佳の浮き輪を後方に押しやるので、葉留佳はさらに労力を強いられることになる。

「ちょ、ちょっと、ずるいよおねーちゃん！　それ反則～っ!!」

「ルールはルールよ、葉留佳」佳奈多は真顔で応えた。勝利を確信してはいるが、決して手を抜いたりはしない。

「はるちゃん、がんばれぇ～！」

「三枝さん、ねばーぎぶあっぷです！」

リトルバスターズの仲間たちから声援を受け、葉留佳は懸命に波を蹴り続けた。


——浮き輪レース終盤。

（……勝ったわよ、葉留佳）

ゴール地点にちらりと目をやって、佳奈多は勝利を確信した。残りはあと数メートル。葉留佳がどうあがこうとも、追いつかれる心配はない。

が——視線を正面に戻した佳奈多は愕然とした。葉留佳がおそるべき勢いで差をつめてきていたのだ。

「なんですって……!?」

「お姉ちゃん、お先～」

葉留佳は余裕で手を振りながら、佳奈多の横をすいっと通り抜けてしまった。そのままざぶざぶと進み続けて、廊下の端まで辿《たど》りつくと、壁にぺたっと手をついた。

「ゴール！　やったね、はるちん大逆転満塁さよならホームラぁ～～～ンっ！」

「ちょ、ちょっと！　ずるいわよ葉留佳！　それこそ反則じゃない!!」

佳奈多は猛然と抗議する。葉留佳は浮き輪を降りて、水の中を普通に歩いてゴールしたのだった。

「ルールはルールだ。二木女史、先ほどキミがそう言ったじゃないか」

来ヶ谷がそう諭《さと》したが、佳奈多は納得がいかないらしい。浮き輪から飛び降りると、いらだたしげに波を立てながら恭介の目の前へ移動した。

「棗先輩、再戦を申し入れるわ。リベンジマッチよ！」

恭介はにやりとした。「リベンジマッチか。そいつは燃えるな！」

——かくして、佳奈多はどんどん恭介のペースにはまってゆくのであった。

「二回戦は団体戦だ。このボールを相手チームのゴール、つまり廊下の端にぶつけた方を勝利とする。フィールドは一階の廊下全体だ。手で持って運ぶのと、相手への直接攻撃は反則とする。それ以外はどんな手段を使ってもかまわん。なにか質問はあるか？」

「ある。なんであいつらはあのメンバーなんだ？」

鈴が指さす相手チームは、佳奈多をリーダーとして沙耶、佐々美の三人編成だ。

「仕方ないだろう。他は全員リトルバスターズのメンバーだからな」

「そうですわ。あなたがそちらのチームにいる以上、わたくしが二木さんに協力するのは当然というものですわよ！」

びしっ、と佐々美が鈴の顔を指さしてライバル宣言する。

「……まあ、あたしはどっちかっていうと、救助を待つより遊んでいたいんだけどね」

沙耶は独り言のようにつぶやいて、佳奈多ににらまれると慌ててつけ加えた。

「でも勝負となれば本気を出すわ。本気でやらないと、面白くないでしょ？」

「それはちょうどいい。朱鷺戸女史、キミとは一度本気でやりあってみたかった」

来ヶ谷が不敵な笑みを浮かべる。鈴と佐々美、来ヶ谷と沙耶が火花を散らす間を、

「わふーっ、うぉーたーぼーるはべりーえきすとりーむ、なのです～っ」

クドが犬かきで、ばしゃばしゃと楽しげに横切っていった。

水球用のボールなどあるはずがなく、恭介が持っているのは普通の野球ボールだ。

手を放すと、ボールは濁った水の上にぷかりと浮いた。

「用意はいいか？　レディ……ゴー！」

スタートの合図と同時に、佐々美と鈴の手がともに動いた。ボールはふたりの手の中で弾かれ、水滴をまき散らしながら宙に舞い上がった。

「このっ！」沙耶がジャンプして手を伸ばしたが、リーチで勝る来ヶ谷の拳が一瞬早かった。

「噂ほどでもないな、朱鷺戸女史」ボールは壁や天井にバウンドしながら廊下の端へと向かい――待ちかまえていた佳奈多の手に阻まれた。

「笹瀬川さんっ！」佳奈多は廊下の中央付近にパスを送った。が、

「こ、こらっ、およしなさい！　髪が濡れるじゃありませんのっ！」ばしゃばしゃっ。

「そっちこそやめろ、さささっさん！」

ばしゃばしゃっ。

佐々美と鈴はボールそっちのけで水をかけあっている。ボールはふたりの頭上を虚《むな》しく飛び越え、ゆるい弧を描いて、

「わふっ⁉」クドの脳天を直撃して跳ね返り、沙耶の目の前にぽしゃりと落ちた。

「もらったぁ！」沙耶は拳を振り回し、ボールを弾《はじ》いた。ボールは水切りの要領で水面を跳ね、複雑な軌道を描いてゴールに向かう。が、またしても来ヶ谷が立ちふさがった。

「ふふん」来ヶ谷は不敵な笑みを浮かべ、ボールの進路に立ちふさがる。と――。

どぎゅーん！　どぎゅーん！

ボールは突然軌道を変えて、来ヶ谷の手を逃れた。

慌ててジャンプしたクドの指先で、ボールはまたも奇妙な変化を見せ、廊下の端に勢いよくぶち当

たった。

「これがあたしの本気の腕前よ。どう、なかなかのもんでしょ？」

呆然とする来ヶ谷に、沙耶はウィンクして見せた。硝煙《しょうえん》をあげる拳銃を、その手に握りしめたまま。

「はわわわわっ！」

なにげなくボールを手にした小毬が、驚いて目を丸くした。ボールには、二発の銃弾がめり込んでいたのだ。

「……ねー恭介さん。ピストルでボール撃つのって、アリ？」

葉留佳の問いに、さすがの恭介も戸惑いを見せた。

「うーん……そうだな。確かに直接攻撃ではないが……」

「そ、そうよ。ルールはルールですからね」

表情をこわばらせながらも、佳奈多はそう言って胸を張った。

「この勝負は私たちの勝ち。これで一対一よ。さあ棗先輩、次はなんの勝負かしら？」

——完全に恭介のペースにはまった佳奈多であった。

「どわあああああっ⁉」

と、教室の方から声がした。扉が開いて、上半身を猫まみれにした真人が現われた。

廊下をきょろきょろして鈴の姿を見つけると、青ざめた顔でざぼざぼと歩いてくる。

「おい鈴、この猫どーにかしやがれ！　オレの筋肉を猫置き場にすんじゃねーよ！　胸に乗っかられて変な夢見ただろ！」

「よかったじゃないか。夢で猫に会えるなんて、うらやましいやつだ」

「うらやましくねーよ！　すっげー怖かったんだぞ！　どんな夢か忘れたけど！」

「胸に物を乗せてると、怖い夢見るよね」理樹が補足する。

「とにかく、ちゃんと面倒見ろよ。おめーの猫だろーがよっ」

　真人はぶつくさ言いながら、猫を一匹ずつ鈴に向かって放り投げた。

　ぽいっ。ぽいっ。ぽいっ。

「あっ、こら、待て！」

鈴は最初の三匹までは受け止めたが、四匹めが飛んできたときには両手と頭がふさがっていた。理樹が手を伸ばしたが間に合わず、猫はふぎゃーっと悲鳴をあげて、渡り廊下へつながる扉にしがみつく。

と……掛け金が外れて、扉が開いた。

――ずざざざーーーっ！

そのとたん、校内に留まっていた水が一度に流れ出した。

「うわあっ⁉」扉の前にいた鈴が、流れに呑まれて悲鳴をあげる。

「鈴っ⁉」理樹は片手で窓枠にしがみつき、もう一方の手を鈴に差し出した。鈴の体は、理樹の指先をかすめて外へ押し流された。

――理樹は目の前が真っ暗になった。さっき流された時は部室の上だったが、今度は浮き輪もないのだ。流れに呑まれれば、溺れるしかない。

「鈴、鈴っ‼」

（まずい……助けなきゃ！）

急流に身を任せるのは恐ろしかったが、思いきって手を放す。理樹の体は濁流にもみくちゃにされ、あっという間に扉の外へ吸い出された。

溺れるのを覚悟して、ぎゅっと目を閉じる。と、なにか硬いものが手足に触れた。

「理樹、だいじょうぶか？」

頭のうえで声がする。おそるおそる目を開けてみると、何匹もの猫にまとわりつかれた鈴が、心配そうに顔をのぞきこんでいた。

「……あれ？」

気がつくと、理樹は地面に両手をついて四つんばいになっていた。

＊　＊　＊

沙耶のボートで理樹たちが学園に戻ってから、すでに小一時間ほど経過していた。

どうやら遊んでいるあいだに、水が引いていたらしい。全ての扉や窓を閉め切っていたため、水が流

れ出さずに校内に溜まっていたのだった。

「ほわぁー、いいお天気だねぇ～」

「いっつ・あ・じゃぱにーず・はれーしょん、なのです～っ」

「クド公、それ日本晴れって言いたいのカナ？」

リトルバスターズのメンバー（プラス三名）が、ぞろぞろと校舎から出てくる。

「棗先輩、勝負はまだ終わってないわよ」

佳奈多が闘志に燃えた瞳で、恭介をびしっと見すえた。

「今度は校庭も使えるわね。さあ、勝負を続けましょう。たとえどんな勝負だろうと、私は受けて立つわ！」

「おうっ、いい度胸じゃねえか二木！　こっちもますます燃えてきたぜ！」

佳奈多と視線を合わせ、不敵に笑う恭介。

「いや、もう勝負必要ないんじゃないかな……？」

ようやく立ち上がった理樹が、力なく笑った。

つづく

恭介のぶらり就職活動日記（青春編）

【某月某日】

その日、俺は旅に出た。もちろん徒歩でだ。青春の旅ってのは、歩いてするもんさ。

旅の途中、なにやら不穏《ふおん》な空気の漂う街を通りかかった。通りには人っ子ひとりいない。一軒だけ開いていた食堂に入って、メシのついでに店主の老人に事情を聞いてみた。

「ここいらは暴走族のたまり場でね。古株《ふるかぶ》の族と新《しん》参者《ざんもの》が、縄張《なわば》りを主張して争ってるんですわ。みんな怖がって一歩も外に出ない。おかげで店はこのありさまです」

昼飯時だってのに、客は俺ひとりだった。なんとかしてやりたかったが、俺には大事な約束がある。俺は店主に言ったんだ。用がすんだら必ず戻って街を救ってやる、ってな。

街を出ると、俺は就職活動をすませた。街に戻った時には夜になっていた。

（えっ？　ちょっと恭介、就活のとこ省略しちゃうの？　一番大事なとこじゃない！）

そいつは違うぜ理樹。面接は俺ひとりの人生だが、こいつは街全体の問題だからな。

街に入ると、さっそく族同士の小競り合いに出くわした。俺はまずそいつらを落ち着かせてから、リーダーの居場所を聞き出した。

（あっさり言うけど……それってかなり難しかったんじゃないの？）

なあに、腹を割って話せば、誰とでもわかり合えるもんさ。

リーダーに対しても、俺は同じように接した。俺は両方のリーダーを呼び出し、まずは持参していた『学園革命スクレボ』の一巻を渡した。ふたりとも一発で気に入ってくれたぜ。続きを読みたがったんで、そこから先はマンガ喫茶に移動した。――夜が明ける頃には、俺たちは親友になっていた。スクレボが俺たちを結びつけたのさ。

（いや、それはいくらなんでも無理があるんじゃないかな……）

俺はそれぞれのリーダーに、街の住民に迷惑をかけないこと、悪質な暴走行為はやめることを誓わせた。どちらのチームも、青春のパワーを持てあましていただけだったのさ。スクレボってはけ口を得たからには、もう愚かな真似はしないだろう。

街を去る前に、俺はもう一度例の食堂に寄ってみた。店主は大喜びしてくれたぜ。

朝食代はいらないって言ってくれたんだが、俺は丁重に断って、きっちり代金を払って帰ってきた。

「というわけで、理樹。こいつは旅のみやげだ」

　そう言って、恭介は理樹に十個入りの卵パックを渡した。

「食堂の主人が、どうしてもって言うんでな。これだけもらって来た。後でゆで卵でも作って、みんなで食おうぜ」

（……恭介の話は、どこまで本当かわからないからな～）

　まじめに耳を傾けはしたが、理樹は話の内容を信じなかった。ところが翌朝、理樹は恭介が校門の前でふたりの青年と話しているのを見かけた。

「押忍《おす》！　自分たちはチームより派遣されて参りました。本日より交代で、棗先生のお世話をさせてい

ただきますっ！」

昭和の世界からやってきたような、いまどき珍しい髪型の青年が、直立不動《ちょくりつふどう》で恭介にそう告げている。

「うーん……そう言われても、俺はただの学生だからな～。世話係なんてつけられても、かえって迷惑だぜ」

首を横に振って、苦笑いする恭介。

（あれってまさか……いや、そんなことないよね）

理樹は困惑しながら、その場を立ち去った。

つづく

キッチンクラブ　3on3

カッ、カッ……。

深夜、薄暗い廊下をひとりの少年が歩いていた。廊下は一際暗い下《くだ》り階段へと続いている。

カッ、カッ、カッ。

躊躇《ためら》うことなく階段をおりる少年。人気《ひとけ》のまるでない廊下は、大人でも恐怖を覚えるだろう。しかし少年はまっすぐ前を見すえたまま歩を進める。

カッ！

不意に足音が止まる。重厚な扉が少年の前に立ちはだかったのだ。手の平を扉に当て、まるで扉向こうの様子を探るように、じっとしたまま動かない。

「ふふふっ」

それまで険《けわ》しい顔をしていた少年の口元に笑みが浮かぶ。

「ギャラリーの熱気で、冷めたスープも再び熱くなりそうだ」

力強くノブを掴み、勢いよく押し開ける。

頭上から射すまばゆいライトの光が少年の目を眩《くら》ませ、突如、扉を開けたことで充満した熱気がバックドラフトを起こし、少年の髪や衣類を大きくはためかせた。

そこは光と喧騒《けんそう》の世界だ！

細めた目をしっかりと見開けば、ステージを囲む観客席は満員御礼。人、人、人で埋め尽くされている。

少年の姿を認めたギャラリーが一斉に歓声を上げ、早く宴《うたげ》を始めよと急《せ》かす。

「レディース、エン、ジェントルメン！　今宵《こよい》もキッチンクラブにようこそ‼」

「オオオォォッ……！」

スポットライトの光が少年を明るく照らし出す。一歩一歩、ゆっくりと歩を進めながら、オーバーアクションとともに放たれるトークでギャラリーの熱気をより一層煽《あお》る。

「本日も六人のシェフが奮う十二本のゴッドハンドが、みなさんの心と食欲を狂おしいほどに揺さぶるでしょう。シェフの腕前は、当キッチンクラブの主催者である私、棗恭介が保証します！」

恭介はホール中ほどで足を止め、仰々《ぎょうぎょう》しくお辞儀《じぎ》をする。

「キッチンクラブ！　キッチンクラブ！」

ギャラリーのボルテージは最高潮に達する。だが恭介が両手を掲げ、ゆっくりと下ろすやギャラリーは口を閉ざし、それまでの熱気がウソのように静まった。

「三人ずつ二チームに別れたシェフたちが、己の技量とプライドをかけて勝負するキッチンクラブ。当クラブは戦いの場所を提供するだけ、勝ったチーム、負けたチーム、ともに手ぶらでお帰りいただきます。しかし勝者には栄誉と祝福、敗者には精進《しょうじん》を重ねるべく心のバネという、シェフとしてかけがえのない経験を心に刻むことができるのです」

諭すように語る恭介。多くのギャラリーが頷きながら、言葉に耳を傾けている。

「それでは大変長らくお待たせしました、キッチンクラブ、開店します！」

光量を落とされた照明が再び明るく輝き出し、ギャラリーの熱気と歓声が復活する！

「今宵の主役たち、シェフの登場だ。まずはディフェンディングチャンピオンチーム、いぬさんチーーーーーームッ！」

盛大な拍手のなか、恭介が指し示すステージ中央の床からせりあがってあらわれたのは、おそろいのコックコートに身を包んだ理樹、真人、クドリャフカだ。

「わふーーっ！　ご声援、ありがとうございまーす！」

両手を振って歓声に応えるクドリャフカ。理樹と真人はクドリャフカの両脇で控えめに立っている。おそらく彼女がこのチームのリーダーなのだろう。

「そして不敗のチャンピオンチームに挑戦するは反逆のサムライチーム、ねこさんチーーーーームッ！」

再び拍手の渦《うず》がわき起こる。いぬさんチームよりも一段低いステージからあらわれたのは、料亭風の割烹着《かっぽうぎ》に身を包んだ謙吾、鈴、そして小毬だ。

笑顔を浮かべ、手を振って声援に応える小毬。謙吾と鈴は憮然《ぶぜん》とした表情を浮かべ、いぬさんチームの面々をにらみつけている。

「ご存じの方もいらっしゃるかもしれませんが、いぬさんチームの理樹シェフ、真人シェフと、ねこさんチームの鈴シェフ、謙吾シェフは、元々はチームメイト同士。どのような事情があって袂《たもと》を分かち、そして新たにメンバーを加えて新しいチームを結成したのか、私には知る由《よし》もありません。しかし両

チームの間に漂《ただよ》う尋常ならざる緊迫感が、ただならぬ事情と深い遺恨《いこん》を物語っています」

恭介は深く呼吸をすると、シェフとは逆の方へと振り返る。

「さて本日、料理の審査をしてくれるのはこちらの三名の美食家の方々。まずは来ヶ谷唯湖さん」

カメラが審査員席に切り替わり、豪奢《ごうしゃ》なテーブルの席についた少女たちを映し出す。

「少年少女の手料理、期待しているよ」

「三枝葉留佳さん」

「ふっふっふっ、はるちんの審査は厳しいのだ。心するように！」

「笹瀬川佐々美さん」

「なぜわたくしが審査員など……」

恭介の紹介にあわせ、小毬たちは三者三様の返事をする。

「さて、気になる本日のテーマは……」

恭介のひそめた声に両チームの面々、そしてギャラリーの間に緊張感が走る。

「青春の食卓」

意外なテーマだったのだろう、どこからともなくどよめきの声が上がる。だがそのような戸惑いを予想していたのか、恭介は浮かべた笑みを崩すことなく言葉を続ける。

「青春を謳歌《おうか》する少年少女たち最大の悩み、それはやっぱり『お腹は空くがお金がない』ことではないでしょうか」

多くのギャラリー、そして小毬と葉留佳がウンウンと頷く。

「安価な、それこそ冷蔵庫に残っているような食材や調味料で手軽に作れる美味しい料理。それが今回のテーマです」

「なんて惨《みじ》めったらしい……」

苦虫をかみ潰したような表情で佐々美がぼやく。

「腕に自信のあるシェフが高価な食材を使い、時間をかけて作った料理は美味くて当然です。しかし本当に多くの人々に愛され、感謝される料理は安価で手軽、そして美味い料理に他なりません。そんな真の料理を六人のシェフに創造し、魅《み》せてもらいたい！」

恭介の力説にギャラリーが同調し、会場全体から大きな歓声が上がる。

これ見よがしにため息をつこうとした佐々美だが、真剣な表情で頷く謙吾を見て、自身も得心《とくしん》したように大きく頷きなおす。

「今回、シェフたちに与えられる時間は、チーム内の相談時間に五分と調理時間の二十五分。実質三十分となります」

三十分と聞き、シェフたちに緊張感が走る。これは過去になかった短時間だ。

「高価な食材の使用や手の込んだ調理方法は、大きな評価のマイナスです。食材は大手スーパーマーケットを参考とし、しつらえた食材コーナーからチョイスしていただきます」

恭介が指さす先には、なるほどスーパーマーケットの食品コーナーを彷彿《ほうふつ》させるスペースがある。

「提出する料理はひとりひと品ずつ三人前。三品の組み合わせももちろん重要なポイントです。オーダーは以上、なにか質問は？」

六人のシェフたちに視線を向ける恭介。シェフたちから質問や異存はない。

「それではキッチンスタートッ！」

ドアーン！

恭介の宣言とともに、勝負の開始を告げるドラが鳴り響く。

いぬさんチーム、ねこさんチームの面々がそれぞれ顔をつき合わせ、真剣な面もちで言葉を交わしあう。合計六人のシェフがほぼ同じタイミングで頷いたかと思うや、それぞれ食材コーナーに向けて走り出した。

「恭介さん」

スタジオに設置されたスピーカーから、おとなしそうな女性の声が響く。

「どうぞ西園さん」

　恭介がインカムを装着し、声に応じる。モニターには各シェフが忙《せわ》しなく動く食材コーナーと、マイクを片手に直立不動に立つ美魚が映し出された。

「いぬさんチームのみなさんですが、三品はご飯もの、おかず、食後のデザートの組み合わせとなる模《も》様《よう》です」

「ほう」

「一方のねこさんチームですが、こちらも同様にご飯もの、おかず、食後のデザートの組み合わせとしたみたいですね」

「計らずともがっぷり四つに組んだ両チーム、これは面白い展開となりました。ありがとうございます西園さん、続きは解説者席でお願いします」

「わかりました」

　カメラが切り替わり、食材コーナーから走って厨

房に向かう鈴を映し出す。両手で金属製のキッチンバットを抱え、その中には黒い食材が見える。

「鈴シェフ、早くも食材の選別を終了し厨房に向かって走ります」

鈴の後を追うように小毬と理樹も、走ってそれぞれの厨房へと戻る。

「おっと、各シェフが続々と食材を集め、神聖なる戦場、厨房へと急ぎます！　おっ、西園さんも解説者席に到着だ」

「お待たせしました」

軽く頭を下げた後、恭介の隣の席に美魚が腰かけた。

「さて、ここからはいつものように各シェフが調理を終了するまで一気にご覧いただきます。料理が完成後に順次、他のシェフへと切りかえて放映します。まずは先陣を切った鈴シェフの手際《てぎわ》を拝見しましょう」

カメラが切り替わり、鈴とその手元を映し出す。

「鈴シェフですが、ご飯ものを担当するそうです」

恭介とは対照的に、美魚は抑揚《よくよう》のない声で淡々と解説を行う。

「ほう」

まずはヤカンに水を入れ、ガスレンジにかける。

「ヤカンでお湯を沸かすということは鈴シェフ、鍋は使わないみたいですね」

解説者席にしつらえたモニターを見ながら、恭介と美魚がコメントを述べる。

「そうですね。自炊《じすい》する人の立場から見れば、洗い物が少なくなるのは大変助かるはずです」

「鈴シェフ、早くもポイントを稼ぎます」

続いて鈴はキッチンバットから、黒い三角形の塊《かたまり》を取り出す。その手元をカメラがクローズアップ。大きく映し出されたそれは、コンビニなどで売っているフィルムにくるまれたおにぎりだ。

「おにぎりですね。具は……シャケのようです」

「なるほど、たしかに三十分ではご飯を炊く時間はありません。鈴シェフ、考えました」

鈴は、たどたどしい手つきでフィルムを剥《は》がし、おにぎりと付属の海苔《のり》を別々にわけて置く。

その一方でフライパンを持ち出し、ヤカンの横のガスレンジにかけた。

「フライパンは、今や主流のこびりつかない加工を施《ほどこ》されたものを選択。火力は弱火のようですね」

「こびりつかない加工のフライパンは、中火以上で熱してはいけませんよ」

「視聴者に役立つご助言、ありがとうございます」

フライパンが充分に温まったら、おにぎりを手で二〜三等分してフライパンに投入。軽く表面に焦げ目をつける。

「これは焼きおにぎりか、お焦げの香ばしい香りがモニターから伝わってきそうだ！」

「そんなわけありませんけどね」

ガスレンジの火を止めた後、人数分のお椀《わん》に焼いたおにぎりを投入。お湯の沸いたヤカンを手に取り、静かにお椀に注ぐ。

「おっ、鈴シェフの料理はお茶漬けだったのか？　おにぎりの具だったシャケが注がれたお湯に揉まれ、お椀の中で楽しげに舞い踊ります」

「でもこのままでは、ひと味足りないような……」

お湯を注いだ後、鈴は濃縮されためんつゆの元を取り出し、各お椀に少量ずつ注ぐ。

「濃縮めんつゆですか、考えましたね。素麺《そうめん》などで使った後、微妙に残ってしまい冷蔵庫に居座るんですよね」

「おっと鈴シェフ、ここでも高ポイントか！」

そして別にしてあった海苔を手で揉み、各お椀に降りかける。

「『こげねこまんま』、できた」

両手を挙げて鈴が調理の終了をアピール。ギャラリーが拍手と歓声で鈴の健闘を称えた。

「鈴シェフ、調理が終了しました。これは早い！」

画面一杯に映る鈴の特製ねこまんまからは、温かそうな湯気が立ち上る。

「そのままでも美味しいコンビニのおにぎりですが、このように一手間いれればより一層、美味しくなります。まさに青春のD級グルメですね」

調理開始から三十分を待たず、各シェフが続々と両手を挙げて料理の終了を告げる。

「さて各シェフも次々と調理が終了！　重ねがさねになりますが、ここからは録画した映像に対しての解説になります。西園さん、どのシェフの調理から拝見しましょうか？」

「では鈴さんと同じく、ご飯ものを担当された井ノ原シェフにしましょう」

美魚の言葉を受け、モニターは食材コーナーから走って厨房に戻る真人を映し出す。真人もまたキッチンバットに数個の食材を入れ、両手で抱えている。

「バットの中に赤い……あれは肉でしょうか？　種類まではわかりませんが、なんらかの肉が入っているように見えます」

身を乗り出し、食い入るようにモニターを見つめる恭介と美魚。

「あと卵のパックが入ってます。赤いシールが貼ってあるところを見ると『ヨード・卵輝』のようですね。井ノ原シェフ、庶民では買うのに勇気の必要な高品質卵を選びました」

「おっとこれは手厳しい」

真人が厨房につくやカメラが切り替わり、真人の手元を映し出す。バットの中には卵のパック、白いトレイに入った出来合いのご飯、豚挽肉《ひきにく》、そしてバターが入っていた。

ボールを取り出し、卵を割って手早く溶く。そしてフライパンを中火で熱し、バターを投入。挽肉を入れて炒め、充分に火が通ったらフライパンをガスレンジから外し、固く絞った布巾の上に置く。

「挽肉の油がたっぷりと出ていますね。ここでフライパンをレンジから外したのは……」

「おそらく卵に火が通りすぎるのを嫌ってのことでしょう。あのがさつな井ノ原シェフが、意外です」

美魚の言葉どおり、真人は溶いた卵を投入。継いでフライパンを斜めにして作った卵だまりにご飯を入れてガスレンジへと戻し、混ぜ合わせながら手早く炒める。

水気が飛び、ご飯がパラパラとなったら塩とコショウで味をととのえ……。

「真人流『バター炒飯《チャーハン》』、完成だ」

皿に盛りつけたバター炒飯をカメラに向ける真人。

「挽肉がなけりゃ、缶詰のツナを入れてもいい。あと冷蔵庫の残り物を適当に入れても美味いぜ」

ギャラリーから拍手と歓声が送られ、真人は充足した笑顔を浮かべる。

「真人シェフ、調理を終了しました。なかなか見応えのあるフライパンさばきでしたね」

モニターの映像が切り替わり、解説者席の恭介と

美魚を映す。

「手軽さという点では鈴シェフの『こげねこまんま』に引けを取りますが、しっかりと食べたい男性には向いているのではないでしょうか。あと……割った卵の殻《から》をご覧ください」

美魚の人差し指がシンクの一角、小さく映る三角コーナーを指さした。

「卵の殻、ですか？」

カメラが三角コーナーを拡大して映し、捨てられた卵の殻を映す。

「貼られていた赤いシールがちゃんと剥がされていますよね」

「あっ、言われてみれば……」

「あのシールは百二十枚集めてメーカーに送ると、引きかえに景品がもらえるんです」

「ほう」

「ちゃっかりと赤いシールを剥がし、こっそりとポケットに回収する井ノ原さんのセコさ。わたしは嫌いではありません」

「真人シェフ、思わぬところで高ポイントを獲得した模様です。では次は真人シェフがライバル視する、謙吾シェフの調理を見てみましょう」

モニターの映像が切り替わり、食材コーナーからゆっくりと歩いて厨房へと戻る謙なく、木製の桶《おけ》だ。片手で抱いているのは鈴や真人が使っていた金属製のキッチンバットではなく、木製の桶だ。

「桶の中に入っているのは野菜のようですね。あの形はキャベツでしょうか?」

「謙吾シェフ、時間に余裕があるのでしょうか。ゆっくりと歩いて厨房へと戻ります」

謙吾が厨房につくとカメラが切り替わる。桶の中には美魚の推測したとおりキャベツと、白いトレイに入ったバラ肉、シメジ、バター、レモン、ポン酢が入っていた。

バラ肉をトレイから出して一枚一枚わけると、軽く塩とコショウを振りかけて下味をつける。次はキャベツの葉をこれまた一枚一枚わけ、ざるに入れて水洗い。

中型の土鍋を取り出して軽く水を張り、敷き重ねるようにキャベツを入れ、所々でバラ肉、シメジ、バターを挟み込む。山盛りとなったキャベツの上にバターを置き、フタをして中火で加熱。湯気が立ち始めたら弱火に調整する。

「あとはキャベツが柔らかくなるまで煮込めば『キャベツとバラ肉鍋』が完成だ。ポン酢かレモン汁、好みの味で食べればいい。軽く七味唐辛子を振りかけても美味いな。簡単だろう?」

謙吾がカメラに向かい、微笑みを向ける。特に女性のギャラリーから大きな歓声と拍手が送られた。

「謙吾シェフ、調理が終了したわけではありませんが、後は煮込むだけのようなので、実質的にはこれで終了です」

「土鍋がひとつしか用意されていませんが、食べる段階で審査員に取りわけるのでしょう。審査員のお一方の、えこひいきが心配ですね……」

美魚の指摘により、カメラが審査員席に切り替わる。そこには謙吾に対し盛んに声援を送る佐々美の姿が見えた。

「料理の方ですが、キャベツは季節によって値段の差が大きいのが気にはなりますが、比較的安価でお手軽。栄養もありボリューム的にもたっぷりと、言うことはありません。庶民の味方のような鍋です」

「ほう、謙吾シェフの『キャベツとバラ肉鍋』、高い評価を得ました！」

「ただ堅実すぎて、面白みはありませんけどね」

「良くも悪くも、それが謙吾シェフです。さて次ですが……」

「いぬさんチームのおかずを担当されるのは直枝シェフです」

「では理樹シェフのお手並みを拝見しましょう」

モニターの映像が切り替わり、食材コーナーから小走りで厨房へと戻る理樹が映される。手にしたキッチンバットの中には茶色く、四角い物体が入っている。

「直枝シェフは必死な顔で走る姿がよく似合いますね」

「そうですか？」

「まるで飼い主に置いていかれそうになり、必死になって追いかける犬みたいです。そういった犬を見ると、意地悪したくなりませんか？」

「その言葉……理樹シェフには内緒にしてあげてください、意外と気にするヤツですので。さて理樹シェフが抱えるバットの中ですが、これは……？」

「厚揚げですね」

理樹が厨房につくとカメラが切り替わる。キッチンバットには厚揚げとスライスチーズ、数枚の大葉と万能ネギ、バターと醤油が入っていた。

片手鍋に水を張り、強火でガスレンジにかける理樹。そしてお湯が沸くまでの間に大葉を軽く水洗いし、キッチンペーパーを使って水気を切る。

鍋のお湯が沸いたら厚揚げを投入。三十秒ほど茹でたら引き上げ、こちらもよく水気を切る。

「これは湯通しですね」

「厚揚げにも湯通しは必要なのですか？」

「調理方法や鮮度にもよります。スーパーなどで購入できる安価なものですと油の酸化が進んでいるので、湯通しした方がいいと思いますよ。油を抜いた方が味も染み込みやすくなりますし」

「なるほど」

手で持てる熱さにまで冷めたら、対角線で切って形を三角形にし、中央から二枚にスライス。

「理樹シェフ、厚揚げを二枚にスライスしましたが、一辺を数ミリ残して完全には切りわけません」

「チーズをキレイに挟むための処置ですね。こうすることで上下のズレを防止することができます」

スライスチーズを取り出すと、やはりそれも対角線で三角形に切りわけ、大葉と一緒にスライスした厚揚げの中に挟み込む。

弱火で熱したフライパンにバターを入れ、溶けたら厚揚げを投入。フライパンの縁から醤油を流し入れ、両面に軽く焦げ目をつけたらフライパンから取り出す。

皿に盛り、刻んだ万能ネギをちらしたら……。

「『厚揚げのチーズばさみ』、完成です」

カメラに向かって『厚揚げのチーズばさみ』を向ける理樹。きつね色の切れ目から、とろけたチーズがゆっくりと垂れて落ちる。

「理樹シェフ、調理終了です」

ギャラリーから拍手と歓声に、理樹は照れたような笑顔を浮かべた。

「厚揚げの湯通しに若干の手間があり、青葉も安価ではありませんが、充分にテーマに沿った料理だと思います」

「酒の肴《さかな》にもよさそうな一品ですね」

「恭介お兄さん、もう成人されていましたっけ?」

「……さぁ残すところシェフも両チームひとりずつ、いよいよキッチンクラブも佳境《かきょう》となりました!」

解説席のモニターに、小毬とクドリャフカが映し出される。

「神北さん、能美さんはともにシェフではなくお菓子職人《パティシエ》です。互いに相手の素性を踏まえた上で、デザートにて勝負をかけてきたと思われます」

「パティシエとしてのプライドがひしひしと感じられますね。しかしスイーツ作りはなにかと手間がかかるもの。両シェフ、いや両パティシエはどのような手軽なデザートを作るのでしょうか。それでは先に小毬パティシエの手際から拝見しましょう」

モニターの映像が切り替わり、食材コーナーより楽しげな雰囲気をかもしながら厨房へと戻る小毬が映される。よそ見をしながら歩いているせいだろう、手にしたキッチンバット内の食材が小毬の動きにあわせて右へ左へと滑る。それが危なっかしくて、見ている者をやきもきした気持ちにさせた。

「わたし、あーいうのを見ていると、とてもイライラするんですけど……」

小毬のバットから食材が落ちそうになる度に、美魚の身体も大きく揺れ動く。

「まぁまぁ。小毬パティシエ、バットの上に載せた食材が大きく動くのは、その歩き方のせいだけではなく食材が少ないというのもあるようです。あの滑るように動いているのは缶詰に見えますが……」

「いっそ落としてくれればいいのに……」

小毬が厨房につくとカメラが切り替わる。キッチンバットの中にはつぶあんの缶詰と春巻きの皮だけ

が入れられていた。

「うーんっ！」

パッ……カン！

プルトップを引っ張り、缶詰を開封する小毬。そのすぐ脇で春巻きの皮を取り出し、まな板の上で広げた。

小さじで缶詰からつぶあんをすくい取り、春巻きの皮の中ほどで棒状に盛りつける。そしてつぶあんをくるむように春巻きの皮を巻き、皮の終端を軽く湿らせて固定。小型のフライパンに多めの油を入れて中火で加熱し、充分に熱が通ったら弱火に調節。つぶあんを巻いた春巻きを投入する。

皮全体がパリッと揚がったら、すくい上げてキッチンペーパーの上で余分な油分を除去し、皿に盛りつけて……。

「はいっ、『つぶあんの春巻き』、完成だよ」

カメラに向かって『つぶあんの春巻き』を差し出し、笑顔を浮かべる小毬。

「春巻きの太さは好みで調整してね。あと細長く切ったバナナとか、色んな果物を一緒に入れても美味しいよ♪」

「小毬パティシエ、瞬く間に調理終了です。これは手早い！」

ギャラリーから拍手と歓声に、小毬は『つぶあんの春巻き』を頭上に掲げて応える。

「手軽で安価ですから、テーマの主旨を考えると高いポイントがつくのではないでしょうか。春巻きの太さがふぞろいなところも「お好みの太さを選んでね」と、うまく理由がつけられそうですし」

「なかなか美味しそうですね、西園さんも一口食べてみたいのでは？」

「わたしはこしあん派なので遠慮しておきます」

恭介のフリに、美魚はモニターから視線を外すことなく淡々と答える。

「……さぁ、今宵のキッチンクラブも、いよいよクライマックスを迎えます。勝敗の鍵は彼女が握る、いぬさんチームキャプテン、クドリャフカパティシエの登場だ！」

モニターの映像が切り替わり、食材コーナーより厨房へと戻るクドリャフカが映し出される。両手でしっかりと抱えたキッチンバットの中には五つほどの食材が入れられており、真剣な面もちで慎重に歩を進めている。

「クドリャフカパティシエ、小毬パティシエと対照的に、多くの食材をキッチンバットに入れていますす」

「あの金属的な光は、瓶《びん》詰めのフタですね」

クドリャフカが厨房につくとカメラが切り替わり、キッチンバットの中がアップになる。中に入っていたのはビスケット一箱、紅茶一箱、ジャム、蜂蜜《はちみつ》、そしてマシュマロだ。

「クドリャフカパティシエのチョイスは食材ではなく、すでに完成されている製品が中心です」

「手軽さを最優先した、一手間料理の模様ですね」

まずはガスレンジに火を入れ、ヤカンでお湯を沸かすクドリャフカ。その一方でビスケットを開封し、大きな皿に丁寧に並べる。

マシュマロを串に刺し、ガスレンジの火で軽くあぶる。マシュマロが柔らかくなったら用意しておいたビスケットの上に置き、別のビスケットで挟み込む。

「とろけたマシュマロがビスケットの間から押し出され、なんとも柔らかそうですね」

クドリャフカはヤカン前に立ちすくんだと思いきや、真剣な面もちでヤカンを見つめ、お湯が沸いた直後にレンジを消火。事前にお湯で温めておいたティーポットに紅茶を規定の量プラスアルファ入れ、沸騰したてのお湯を勢いよく注ぎ、すっぽりとティーコージーを被せた。

「クドリャフカパティシエ、ずいぶんとお湯の沸騰具合に注意を払っていましたが……」

「沸騰させすぎるとお湯から空気が抜けて、お茶っ葉がポット内でうまく舞わないんですよ」

小皿にジャムと蜂蜜を入れ、ビスケットの脇に添えて……。

「ふぃにっしゅ！　くっきんぐしゅーりょーです、『ビスケットのマシュマロばさみと紅茶のジャム添え』になります」

　ビスケットの載った皿をカメラに向けて、笑顔を浮かべるクドリャフカ。

「紅茶が蒸しあがるまで三分ほどお待ちくださいね。ジャムはビスケットにつけて舐めてくださってもいいですし、ビスケットと一緒にそのまま食べてくださっても美味しいですよ」

　ギャラリーから拍手と歓声に、クドリャフカは無邪気に応える。

「料理とは言いがたいですが、テーマのひとつが手軽さですし、食後の甘味としてならこれもありでしょう」

「いやいや、温めたマシュマロをビスケットで挟むだけでも、立派にひと手間かけた料理ですよ。さて両チーム、料理が出そろいました。いよいよ審査員の実食による審査です！」

つづく

恭介のぶらり就職活動日記（アクション編）

【某月某日】

――旅の途中、俺はひとりの男が行き倒れているのを見つけた。

場所は山の中の一本道だ。周囲には助けを求められそうな民家もない。おまけに携帯も圏外ときた。

俺にできることは限られていたが、とにかく駆け寄って男を助け起こした。

男は見るからに具合が悪そうだった。今から思うと、毒でも盛られていたのかもしれない。そんな状態にもかかわらず、男は道を這って進もうとしていたんだ。

男は俺の顔を見ると、震える手でポケットから手帳を取りだした。

「た、頼む、この手帳を……。さ、最後のページに住所が書いてある。この手帳を、その住所の場所に届けてくれないか……」

「わかった。だが、その前にあんたを病院へ運んでからだ」

「俺のことはいい！　早く、早くこの手帳を……」

「その手帳、こちらに渡してもらえる？」

顔を上げると、俺は怪しげな連中に囲まれていた。連中のリーダーらしい女が、サングラス越しに俺を見おろしていた。

連中の姿を見ると、男の顔が恐怖にこわばった。

「あ、あいつらに手帳を渡すな！　この手帳には、国家の存亡《そんぼう》に関わる情報が記されているんだ。連中の手に渡れば、大変なことに……うぐぅっ」

「大変な事態が起こらないように、その情報を我々の手で確保したいのよ。さあ、おとなしく手帳を渡しなさい。さもないと――」

女は脅しをかけてきた。どちらの言い分が正しいのか、俺には判断できない。だが、たったひとり、命がけで情報を届けようとする男の魂に、俺は心を打たれたのさ。

俺は組織の手をかいくぐり、走り出した。

「あっ、ま、待ちなさいっ！」

「た、頼んだぞ、少年……くっ、畜生、腹が……痛てててっ。は、早くトイレに……」

――それからは息つく暇もなかった。なんとか追手《おって》を振り切り、山をおりたまでは良かったが、そこにも組織の手が回っていた。俺は連中の車を奪い、目的地へ向けてひた走った。途中で就職活動をすませて、地下鉄に乗りかえた。目的地に近い駅で降りると、そこは追手だらけだった。

（ちょ、ちょっと待ってよ恭介！　いますっごく大事なところ省略したよね⁉）

なにを言ってるんだ理樹。こっちは国家の存亡に関わる重大事件なんだぜ。

かろうじて地上に出たものの、追手は振り切れなかった。俺は目的の場所にひた走った。途中、何度か拳を使わなきゃならない場面もあったが、こっちも何発か喰らったからお互い様だ。

とうとう目的の建物の前まで来た――が、そこで待ちかまえていたのが、あのサングラス女だ。

「ここは通さないわよ、棗恭介！」

なぜ俺の名を知ってるのか、一瞬疑問に思ったが、

あれこれ考えている暇はない。女は拳を固めて向かってきた。俺は応戦した。

——久々の熱い戦いだったぜ。体格のハンデをものともせず、女は強力な連続攻撃を放ってきた。俺は追いつめられ、足がもつれた。女は助走して跳び蹴りの体勢に入った。こいつは避けられそうにない……と、俺は覚悟を決めた。

「ぎゃっ……!?」

女の悲鳴が響いた。

どうやらジャンプした拍子に、街路樹《がいろじゅ》の枝に頭をぶつけたらしい。

俺は立ち上がり、女が目を回している隙に建物に駆けこんだ。まったく、相手がドジで助かったぜ。

なんか偉そうな外人のおっさんに手帳を渡した。おっさんは涙を流して大げさに喜んでた。勲章をくれるとか言ってたけど、俺は断った。そんなもん、もらっても仕方ない。俺はただの学生だし、誰かに自慢できる話でもないしな。

「というわけで、理樹。こいつは旅のみやげだ」

そう言って、恭介は理樹に紙袋いっぱいのみかんを差し出した。

「おっさんにどうしてもって言われて、断れなかったんだ。練習の時にでも食おうぜ」

（なんで外国のスパイがみかんを……。恭介、また適当なこと言ってるよ）

みかんを受け取りはしたものの、理樹は恭介の話を一切信じなかった。

翌日、理樹は沙耶の姿を見て驚いた。

「沙耶！　その包帯どうしたのさ⁉」

「……お願いだから、なにも聞かないで」

沙耶は頭の包帯を隠すように顔をそむけた。ケガを恥じているような素振りだ。

「……誰があんなところに街路樹なんか植えたのよ。邪魔な枝くらい切りなさいよね、まったく……」

沙耶の漏らしたつぶやきに、理樹はふと既視感《きしかん》に似たものを覚えた。が、たぶん気のせいだろうと自分に言い聞かせた。

つづく

水平線をめざせ（エピローグ）

——洪水から数週間が過ぎた。

街はなんとか復旧に向かっていた。校舎や寮の修理も終わり、学園は元どおりの生活を取り戻しつつあった。

流されて跡形《あとかた》もなくなった部室も復活した。洪水で流されてきた廃材《はいざい》を利用して、リトルバスターズが自力で建て直したのだ。

「この間の災害は、いい教訓になったな」

部室の落成式《らくせいしき》にあたって、恭介がこんなことを言いだした。

「俺たちリトルバスターズも、万が一の事態に備えるべきだ。災害時には全員、この部室の前に集合すること。いいな？」

「いや、学校で避難訓練とかしてるし、そんなこと決めなくてもいいんじゃ……」

「らじゃーっ！」

「うむ、承知した」

「おっけーですよ～」

「わふーっ」

理樹の真っ当な意見は、盛りあがるメンバーたちの声に押し流されてしまった。

恭介の指示のもと、部室に災害用の避難袋が備えつけられた。人数分の非常食や飲料水、ライフジャケットなどが、棚の上にずらりと並んだ。

「ライフジャケットって必要なのかな……？」

「当然だろ。この前の時だって、これがあればより安心だったじゃないか」

「そうかもしれないけど……」

理樹は釈然としない思いで、用意された数々の緊急装備を見つめた。

（まあライフジャケットはいいとして……浮き輪っていうのはどうなんだろう。それに釣り竿とかビーチボールとか……。隅に積んであるモンペチって、もしかして猫用の非常食なのかな？）

なかでも異彩を放つのが、部室の隅に立てかけてあるモーターボート。

「理樹、これも棚の上に置いてくれ」

そう言って鈴が差し出したのは、トリーミング用のブラシだった。

とまどう理樹にブラシを押しつけると、鈴はしゃがみこみ、床に積みあげられた猫缶を真剣な目つきで数えはじめた。

「モンペチが全部で十五缶。猫がだいたい二十匹だから……三ヶ月はもつな」

「鈴、それどういう計算なのさ？」

「これで、いつ無人島に流されても安心だな」

理樹の顔を見あげて、鈴は心の底から嬉しそうに笑った。

（鈴……まさか、流されるのを楽しみにしてるわけじゃないよね……？）

理樹はそこはかとない不安を覚えた。

おしまい

キッチンクラブ　3on3
―実食―

――いまだ熱気の冷めないキッチンスタジオ。

審査員席で待つ小毬らの前に、まずは挑戦者であるねこさんチームの三品、鈴の『こげねこまんま』、謙吾の『キャベツとバラ肉鍋』、そして小毬の『つぶあんの春巻き』が並ぶ。

「はぁ、幸せですわぁ～」

うっとりとした表情で『キャベツとバラ肉鍋』を突っつくのは佐々美だ。

「いかがですか、笹瀬川さん」

恭介が佐々美の前に立ち、コメントを求める。

「宮沢様の手料理が、美味しくないはずがありません。素朴な味つけが素材の味を引き立て、いくらでもお腹に入ってしまいそう。というか全部、わたくしがいただきますわ！」

ガッ！　と、土鍋の取っ手を掴み、取り上げる佐々美。女性ギャラリーからブーイングが挙がるが、

「シャーッ！」と猫のように一喝《いっかつ》してこれを黙らせた。

「言っていることにまちがいはありませんが、明かな人選ミスだと思います」

　解説者席に控えたままの美魚がボソリとツッコミを入れた。

「続いて来ヶ谷さん、どうでしょう？」

「ふむ」

　唯湖は『こげねこまんま』のお椀に手を伸ばし、まずは汁をすする。

「でき合いのおにぎりが、こんなに香ばしくなるとはな。しかもかわいらしい鈴君のお手製とあってはなおさらだ。不味《まず》いわけがない。おねーさんはたとえお腹がはち切れても、全ての料理を食べ尽くす所《しょ》存《ぞん》だよ」

　どこか頬を上気させ、コメントを述べる唯湖。

「こちらも明かな人選ミスかと……」

「あー……」

美魚のツッコミに、恭介が言葉を失う……。

ポリッ、ポリッ。

「うーん、美味しい！」

『つぶあんの春巻き』を口にした葉留佳が、はしゃぐような声を上げた。

「おっ、お気に召したようですね三枝さん」

恭介がホッとした面もちで葉留佳にコメントを求める。

「お気に召しまくりッスよ！　食べるまでは『なーんか地味ーっ』って思ってたけど、パリパリっとした皮の感触と、濃厚なあんこの甘さがピッタリあってもう絶品！　だからおかわりちょうだい」

「ありがとうございました」

「ねーっ、おかわりーっ！」

逃げるように葉留佳の前から恭介が立ち去る。

「ねこさんチームの料理は大変好評だったようです。これはいぬさんチームの防衛も危《あや》ういか!?」

おおむね審査員に好評だったことをうけ、ねこさんチームの面々が両手をタッチしてお互いの健闘を称える。

審査員席からねこさんチームの料理が片づけられ、いぬさんチームの三品、真人の『バター炒飯』、理樹の『厚揚げのチーズばさみ』、そしてクドリャフカの『ビスケットのマシュマロばさみと紅茶のジャム添え』が並べられる。

「おーっ、バターの香りが食欲をそそるねーっ！」

まずは葉留佳が『バター炒飯』に手を伸ばす。レンゲで炒飯をすくい、口の中に頬張るや……。

「美味しーいっ！」実に嬉しそうな、素直な笑顔を浮かべた。

「どうですか、三枝さん」

「なんかね、すごーく懐かしい味。バターと挽肉がガツン！　ときて、育ち盛りのあたしたちには、こんなご飯が必要だよねーっ」

離れた厨房で葉留佳のコメントを聞いた真人がガッツポーズを見せる。

「ありがとうございました。続いて笹瀬川さん」

佐々美が『厚揚げのチーズばさみ』に手を伸ばす。上品そうな箸捌きで厚揚げを一口大に割り、口に運ぶ。

「いかがでしょうか？」

「宮沢様の料理ほどではありませんが、十分に美味しくてよ。チーズが安っぽい味を出しているけど、大葉のおかげで救われていますわね。その創意工夫はほめて差し上げます」

意地汚く謙吾の鍋を奪ったときとはうってかわって、上品な仕草で食事を進める。

「一見、上品そうに食べられていますが、箸の持ち方が違いますし、マナーも誤解されて覚えていらっしゃるようです」

「なっ!?」

「さて、次にまいりましょう！」

美魚のツッコミに佐々美が反応する前に、強引に恭介が場をしきった。

「ラストはクドリャフカパティシエの『ビスケットのマシュマロばさみと紅茶のジャム添え』です。来ヶ谷さん、コメントをお願いします」

「あぁ」

マシュマロを挟んだビスケットを口に入れる唯湖。

「美味……」背景に無数の薔薇《ばら》の花を背負い、どこか遠くを見つめる瞳で最大限の恍惚《こうこつ》を表現する。

「安価なビスケットとマシュマロはクドリャフカ君の手によって、どんな高級料理でも敵わない気高《けだか》い料理へと昇華してしまったようだ」

続いて紅茶をすすり、ビスケットでジャムをすくって口に運ぶ。

「紅茶もそうだ。高コストを避けるべく、高級リーフの使用やロシア風の淹《い》れ方は断念せざるをえなかったのだろう。その分、丁寧に淹れられた紅茶は、クドリャフカ君の愛と真心がこめられていて、おねーさんの心を温かい気持ちにさせる」

唯湖は感動のあまり瞳から涙を零し、切なく、そして狂おしそうに胸を掻きむしる。

「あぁ、幸せすぎてどうにかなってしまいそうだ」

「あ、ありがとうございました」

これ以上コメントを求めると、放送禁止コードに引っかかってしまう。そんな危機感に見舞われた恭介は、そそくさと唯湖の前から立ち去り、解説者席へと戻る。

「実食による審査も終了し、いよいよ判定の瞬間がやってまいりました」

審査員席ではいぬさんチームの料理が片づけられ、かわりにふたつのプラカードが、審査員それぞれの手元に置かれた。

「審査員のみなさんの手元には、いぬさんチームとねこさんチームのプラカードが置かれています。そしてより料理が美味しかったチームのカードを上げていただきます」

佐々美と葉留佳はすでに心に決めているのか、その表情に迷いはない。対照的に唯湖は机に頭を突っ伏したまま動かない。両チームのプラカードを手に心底、悩んでいるようだ。

「私にどう選べと！　しかしっ……ああっ!!」

「あんなに思い悩む来ヶ谷さん、初めて見ました」

美魚は明らかに他人事のようにツッコミを入れる。

「悩む気持ちは察します、しかしどちらのチームの料理がより美味しかったか、選んでいただかなくてはなりません」

「実質、来ヶ谷さんの一票で決まりそうな気配ですから、プレッシャーもひとしおですね」

緊迫感を煽る音楽が、会場に流れる。恭介と美魚、ギャラリー、そして理樹ら六人のシェフも、緊張した面もちで審査員の三人を見つめる……。

「それでは……ジャッジメント！」

佐々美の挙げたカードは『ねこさんチーム』。

葉留佳の挙げたカードは『いぬさんチーム』。

そして唯湖は……。

「ああっ！　あぁぁぁっ！　なんと神は残酷なのだっ！　ダメだ、私には選べないっ!!」

……サッ！

悩みに悩んだ末に、両チームのカードを挙げた。

「すまない恭介氏、引きわけを認めてくれ」

「わかりました。ポイントは引きわけ。ルールに則りチャンピオン『いぬさんチーム』の防衛成功！　おめでとう『いぬさんチーム』!!」

勇ましい音楽が流れ、理樹、真人、そしてクドリャフカにスポットライトが当てられる。ギャラリーからは、大きな拍手と歓声が三人に送られた。

「わふーっ！　やりましたぁ！」

無邪気に喜ぶクドリャフカ。理樹と真人が堅い握手を交わす。

一方のねこさんチームの面々は、割烹着の帽子を脱ぎ、それぞれ悔しそうな、そして泣きそうな表情を浮かべた。そんな鈴と小毬の姿に良心が激しく痛むのだろう、審査員席では唯湖が苦しそうにのたうち回っている……。

「最後まで勝負の行方がわからない、素晴らしい戦いでした」

ステージの中央に恭介と美魚、そして勝者であるいぬさんチームの面々が集まる。

「そうですね。庶民的なテーマのおかげでレベルが高いのか低いのかよくわかりませんでしたが、実力が伯仲《はくちゅう》していたのは確かだと思います」

盛り上がるスタジオの雰囲気に流されることなく、美魚はどこまでも淡々とコメントを述べる。

「次週、いぬさんチームには新たなる挑戦者と戦っていただきます。どのような熱戦が繰り広げられるのか。楽しみに待ちたいと思います」

バッ！　大きく右腕を掲げる恭介。

「勝者『いぬさんチーム』には栄誉と祝福を！　敗者『ねこさんチーム』にはさらに精進を重ねるべく心のバネを！」

思い思いの勝利のポーズを取る理樹と真人、そしてクドリャフカ。

「キッチンクラブ、これにて閉店‼」

「次週もご覧ください」

おしまい？

恭介のぶらり就職活動日記（ミステリー編）

【某月某日】

「犯人はこの中にいます！」

関係者全員を集めた広間の中央で、俺はそう宣言した。

（えー……。なんか、いきなりクライマックスみたいなんだけど……）

そうか？　ここからが盛りあがるんだが……少し話を急ぎすぎたか。

まったく、まれに見る難事件だったぜ。関係者には全員アリバイがあり、しかも館は厳重に警備されていた。時価数億円とも言われる黄金像は、実に見事な手際で盗み出されたのさ。勤続三十年のベテラン刑事も、今回ばかりはお手上げだった。そんなところへ、俺がトイレを借りにのこのこ現われたんだ。疑われて当然だろう。

幸い、すぐに容疑は晴れたが、それで事件が解決したわけじゃない。苦悩《くのう》する刑事を見かねて、俺が手を貸したってわけさ。

「一見不可能とも思える犯行ですが、逆にその不可能性にこそ、解決の糸口があります。そう、犯人は像を盗んでなどいない。というより、最初から黄金像などなかったのです」

「棗さん、それはどういう意味ですの？」

この家の一人娘が、不思議そうに俺に尋ねた。関係者の中で唯一、よこしまな心を抱いてなさそうな、純朴《じゅんぼく》そうな娘だ。膝には大きなセントバーナードが寝そべっている。俺は手を伸ばして、犬を撫でてやった。

「彼が――このハーキュリーが、僕に犯人を教えてくれたんです。この館に黄金像が持ちこまれた時、ハーキュリーは嬉しそうに吠えたそうですね。まるで好物のキャンディを与えられた時のように、元気にしっぽを振って。そして像が消えた時、部屋にいたのはこのハーキュリーだけだった」

「その犬が像を盗んだとでも言うのか？　馬鹿馬鹿しい！」

館の主人が笑い飛ばしたが、俺は無視して話を続けた。

「像がガラスのケースに収められていたのは、匂いが漏れるのを防ぐためでした。そう、像は黄金などではなかった。ハーキュリーの好きな、べっこう飴でできていたのです！」

「なんだって……!?」当主の甥《おい》が、驚いて息を呑んだ。

「犯人は隙を見て、ケースを開きさえすればよかったのです。あとはハーキュリーが、痕跡すら残さず像を食べ尽くしてくれます。全ては保険金目当ての犯行でした。犯人は黄金像を屋敷に持ちこんだ人物——奥さん、あなたです」

俺に名指しされると、夫人はうろたえて血の気を失った。

「そ、そんないい加減な！　証拠は、証拠はあるの？　あなたの言うとおりだとすれば、証拠はすべて犬が食べてしまったことになるじゃないの！」

「証拠ならお嬢さん、あなたのポケットに」

「私の……？」

娘がワンピースのポケットから取りだしたのは、小さなキャンディの包みだった。それを見た犬は一瞬、嬉しそうにしっぽを振ったものの、すぐに興味をなくして目を伏せた。

「べっこう飴はよほど食べごたえがあったのでしょう。大好物のキャンディを前にしても、ハーキュリーは反応しない。像を食べて満腹しているからです。お嬢さん、彼には糖尿病の検査が必要でしょうね」

夫人はその場にへなへなと崩れ落ちた。


「というわけで、理樹。こいつは旅のみやげだ」

そう言って、恭介は理樹にキャンディの箱を渡した。

「今後は甘いものを控えさせるからって、娘が俺にくれたのさ。女子に配ってやれよ。みんな喜ぶぜ」

(いや、甘党の犬って無理があるし……そもそも、普通べっこう飴って気づくよね)

理樹は疑念を口にはせず、黙ってキャンディを受け取った。

(っていうか、恭介の就職活動は……まあ、いいか)

数日後、恭介の元に初老の男が訪ねてきた。

「私の手には負えんのだよ。恭介君、どうしても君の力が必要なんだ。頼む、私に代わって事件を解決してくれんかね？」

「そう言われましても警部……僕はただの学生なので」

困惑する恭介を見て、理樹は（まさか……）と思った。が、すぐに（いや、そんなはずないよね）と考え直し、それっきり忘れてしまった。

おしまい

キッチンクラブ　3on3
―閉店―

――撮影終了から、どのくらいの時間が経ったのだろうか。真昼の太陽のように眩しかった照明は消灯《おと》され、非常誘導灯だけがスタジオを照らす。

特設された厨房、無数のギャラリーが座っていたスタンド、解説席、審査員席、食材コーナーと、ありとあらゆるセットがきれいに片づけられた、殺風景な空き部屋……。わずか数時間前の華やかさからは想像できない光景だ。

そんなスタジオの中央には、ひっそりと立ち、ただなにもない空間をじっと眺める人影があった。

パッ……パパッ！

小さな灯りが数度、瞬いたかと思うや、蛍光灯の白い灯りがスタジオと人影を照らし出す。眩しそうに目を細めるその姿は――。

「恭介お兄さん」

男は声のした方へとゆっくりと振り向く。

そこにはスタジオから通路へと続く扉から顔を出し、スイッチに手を伸ばしている美魚の姿があった。

「お呼びですか?」美魚は小首を傾げながら、恭介の元へと近づく。

「あぁ、呼んだよ、西園。……そろそろ頃合いだと思わないか」

「頃合い……ですか? そうですね……」

恭介の前にまで歩を進めた美魚は、腕を組んで眉間《みけん》に小さな皺《しわ》を寄せた。

「いぬさんチームのみなさんも、とみに腕を上げたと思います」

「せっかく育ったメンバーを分断させてまで修行に打ち込ませたんだ。それくらいの腕前にはなってもらわければ困る」

恭介は腕を組み、得心したようにウンウンと頷く。

「恭介お兄さんは悪い人です」

「シナリオを書いたのは誰だっけな?」

まるで悪戯《いたずら》っ子のように、無邪気な笑顔を浮かべる恭介。

「わたしは恭介お兄さんに頼まれ、仕方なく計画を立てただけです。そうでなければ、こんな回りくどくて面倒なことしません」

むくれた美魚がぷいっ! っと顔を背けた。

「ははっ、申しわけない」

　不意に恭介は真剣な表情を浮かべ、美魚を見やる。

「それで頼んでいた腕利きは見つかったか？　あの成長したいぬさんチームの面々に勝てるような……」

「はい」

　美魚の言葉を待っていたのか、これ以上ないタイミングで扉が開く。現れたのは金髪を白いリボンでまとめた、不敵な笑顔を浮かべた少女。モデルガンだろうか、それともエアーソフトガンだろうか……なぜか少女は片手に拳銃を持ち、恭介らに向けて構えていた。

　恭介と美魚はその少女の方へ顔を向ける。

「ほう」

「ちょっと天然で空回り体質っぽくはありますが、なかなかの逸材だと思いますよ」

「天然で空回り体質……実においしいキャラじゃないか、気に入った。しかしなぜ彼女は銃を構えているんだ？」

「天然で空回り体質ですから」

「そうか、天然で空回り体質だったな。なら仕方がない」

恭介は場を仕切り直すように、軽く咳払いをする。

「……ともかく、これで駒はそろった」

恭介の言葉に、美魚が軽く頷く。

「では……」

「あぁ、いよいよクライマックスだ。キッチンクラブは次回をもって終了する！」

両拳を握りしめる恭介。

「チャンピオン、いぬさんチームの最後の相手は俺たち、キツネ……」

「おさかなさんチームがいいです」

美魚がボソリと希望を挟む。

「……俺たちおさかなさんチームだ。かつて無い最強のチームを相手に、いぬさんチームがどう戦うか……ふふっ、はははは っ！　楽しみだ、実に楽しみだっ!!」

「ふぅ……」

心の底から楽しそうに笑う恭介の前で、美魚は軽くため息をついた。

「直枝さんたちと戦いたいがために番組を作って、あえて育てて……酔狂もいいところです。恭介お兄さんの考えることはわかりません」

「わからなくていいさ。西園も次週は存分に腕を振るい、対戦を楽しんでくれ」

「やるからには負けません。直枝さんたちの力量も手の内も熟知していますし」

「グッド！　その意気だ。ラスボスは強いほど、そして狡猾《こうかつ》なほどいい」

　恭介は顔を上げ、にらみつけるように照明のひとつを見やる。

「理樹、真人、そして能美。最高の舞台を用意したんだ、お前たちも楽しんでくれよ。ところで……」

「はい？」

　不意に恭介が素の表情に戻り、美魚を見る。

「彼女はいつまであそこに立って、俺たちに狙いをつけているつもりなんだ？」

　恭介と美魚が、再び少女の方へと顔を向ける。そこには相変わらず恭介らに拳銃を向けて構える少女の姿があった。

「さぁ、なにせ天然で空回り体質ですから」

「そうだったな、天然で空回り体質ならしかたがないか」

「はい」

おしまい

おしまい！
イラストレーター
紹介

爆天童

担当パート

カバーイラスト

キッチンクラブ 3on3 …………………… 203

キッチンクラブ 3on3 ―実食― …………………… 239

キッチンクラブ 3on3 ―閉店― …………………… 255

難波久美

担当パート

キャラクター紹介
奔走せよ！　新米冒険者たち
　　－プロローグ－ …………………… 41
奔走せよ！　新米冒険者たち
　　－旅立ち－ …………………… 65
奔走せよ！　新米冒険者たち
　　－死闘編－ …………………… 117
女王陛下の朱鷺戸沙耶 …………………… 147
混浴の名のもとに …………………… 171
水平線をめざせ
（ポセイドン・アドベンチャー編）…………………… 181

林つぐみ

担当パート

小毬名作劇場「眠れる森の理樹」 …………………… 17
小毬名作劇場「理樹ずきんちゃん」 …………………… 25
人魚伝説 …………………… 157
恭介のぶらり就職活動日記
（青春編） …………………… 199
恭介のぶらり就職活動日記
（アクション編） …………………… 229
恭介のぶらり就職活動日記
（ミステリー編） …………………… 249

神無月雪訪

担当パート

ぼーん・とぅ・びー・わいるど …………………… 9
水平線をめざせ（タイタニック編） …………………… 91
騒がし王葉留佳
　－二木さん捕り物日記より－ …………………… 109
水平線をめざせ（エピローグ） …………………… 235

青桐静

担当パート
カラー口絵

なごみ文庫
ひぐらし。
壱
7月発売予定
定価640円＋税
ホラー要素
ゼロ！
©竜騎士07 / 07th Expansion

なごみ文庫
リトルバスターズ！エクスタシー
Little Busters!-EX
②は今夏発売予定！
鋭意製作中！
りとばす。②
Impressions of LittleBusters!-EX
SS
公認ショートストーリー

なごみ文庫
村田治
MURATA OSAMU
原案・挿画
ひづき夜宵
好評発売中！
リトルバスターズ！エクスタシー
Little Busters-EX
僕らの学園祭戦争
SS
© VisualArt's / Key

野球カードゲーム付き！
（バトルランキング対応）
僕らバラエティブック
IKEBOKU BOOKS 3
いけ！いけ！僕らの
リトルバスターズ！
Little Busters!
© 2007 VisualArt's / Key
いけ僕制作委員会編
Impressions of LittleBusters!
Tribute Album
好評発売中！
ISBN 978-4-434-11452-6 定価1,429円+税

いけ！いけ！僕らの
リトルバスターズ！
Little Busters!
いけ僕制作委員会編
【いけ僕BOOKS】
いけ！いけ！僕らの
リトルバスターズ！
いけ僕制作委員会／編
IKEBOKU BOOKS
鈴、また猫と遊んで…
…って、うわっ…
な、何？
この猫の数…
私にもよく
わからんが
気がついたら
増えてたぞ
うーむ

なごみ文庫をお買い上げいただきありがとうございました。
この本を読んでのご意見ご感想をお待ちしております。

〒101-0024　東京都千代田区神田和泉町1-8-3　長谷川ビル1F
なごみ文庫編集部「りとばす。」係

りとばす。Vol.1

2009年6月1日　初版発行

原　作――VisualArt's / Key
著　者――糸井健一 歌鳥 児玉新一郎
発行人――河出岩夫
発行所――有限会社ハーヴェスト出版
〒101-0024　東京都千代田区神田和泉町1-8-3
長谷川ビル1F
TEL. 03-3865-7778
FAX. 03-3865-7779
発　売――株式会社星雲社
〒112-0012　東京都文京区大塚3-21-10
TEL. 03-3947-1021
FAX. 03-3947-1617
印　刷――中央精版印刷株式会社

ISBN978-4-434-13049-6